KB037540

란란의 아름다운 날

꿈꾸는 문학 ❺

란란의 아름다운 날

2021년 3월 25일 개정판 1쇄 발행
2016년 5월 30일　초판 1쇄 발행

글 차오원쉬엔 ㅣ옮김 양성희
펴낸이 김상일 ㅣ펴낸곳 도서출판 키다리
출판등록 2004년 11월 3일 제406-2010-000095호
주소 파주시 심학산로10
전화 031-955-9860 ㅣ팩스 031-624-1601
이메일 kidaribook@naver.com ㅣ블로그 blog.naver.com/kidaribook
ISBN 979-11-5785-401-1 (43820)

枫林渡

Text Copyright ⓒ 2014 by Cao Wenxuan(曹文轩)
Illustrations copyright ⓒ 2014 by Duan Hong Studio(段虹工作室)
Korean translation copyright ⓒ 2016, KIDARI PUBLISHING CO.
Korean translation rights arranged with TOMORROW PUBLISHING HOUSE
through Imprima Korea Agency.
All rights reserved.

란란의 아름다운 날

차오원쉬엔 글 | 양성희 옮김

킨더랜드

낡은 종이 봉투를 뒤적이다가

오래전에 써 두고 잊고 있던 작품을 우연히 발견했다.

30여 년 전에 쓴 글이다.

이번에 조금 다듬긴 했지만

최대한 원형을 살려 전하고자 한다.

이 책을 읽는 모든 분에게 고마움을 전한다.

1

1977년 어느 늦은 가을날 오후, 란란은 할머니 손을 잡고 '추탕 제8호 집'에 들어섰다. 문턱을 넘는 순간, 란란은 할머니가 자기를 버리고 갈지도 모른다는 불안감에 저도 모르게 할머니와 맞잡은 손에 힘을 주었다. 갓 날기 시작해 온 세상이 두렵고 신기한 아기 새가 낯선 숲에 내려앉은 것처럼 잔뜩 움츠린 채 겁먹은 눈빛으로 집 안을 두리번거렸다. 등 뒤에서 천천히 삐걱거리던 대문이 완전히 닫히자 더 두렵고 불안했다. 란란은 몇 번이나 대문을 돌아봤다. 그 대문은 이제 영원히 열리지 않을 것만 같았다.

할머니는 란란의 손이 땀에 젖은 것을 느꼈다. 사실 할머니도 조금 긴장한 상태였다.

"이제 여기가 네가 살 곳이야. 네 엄마 집이란다."

마당이 딸린 집이다.

'도시에도 마당 있는 집이 있네.'

란란은 마음이 조금 편안해지자 마당이 먼저 눈에 들어왔다. 마당을 둘러싼 담장은 펑린두에 있는 할머니의 초가 담장과는 많이 달랐다. 펑린두 집의 담장은 울타리에 가까웠다. 밖에서 마당 안을 훤히 들여다볼 수 있을 만큼 낮아서 할머니는 마당에서 담 밖을 지나가는 이웃 사람들과 이야기를 나누곤 했다.

지금 눈앞에 있는 담장은 아주 높고 두껍고 단단한 '진짜 담장'이다. 무거운 벽돌을 높게 쌓아 올려, 고개를 뒤로 한껏 젖혀야 담장 꼭대기가 보인다. 담장은 바깥세상과 완벽하게 갈라놓는 크고 높은 장벽이다. 담장 아래에 짙은 이끼가 잔뜩 자란 것으로 보아 쌓은 지 꽤 오래되었음이 분명했다. 담쟁이덩굴이 곧은 담벼락을 따라 뻗어 나가 담장 전체를 뒤덮었다. 담장을 뒤덮은 잎사귀가 온통 붉게 물들어 불타는 것처럼 보였다.

마당을 가로지르는 좁은 돌길은 오래된 벽돌 건물로 이어졌다. 기와를 얹은 처마가 당장이라도 날아오를 것처럼 하늘을 향해 고개를 치켜들고 있었다. 동서로 뻗은 담벼락 아래에 잎이 무성한 대나무들이 작은 숲을 이뤘다. 펑린두 집 주변에 자란 대나무처럼 푸른 잎이 무성하고 키도 비슷했다. 다만, 이곳 대나무가 조금 더 얇았는데 아마도 높은 담장 때문에 온종일 해를 보지 못한 탓이리라.

마당 곳곳에 크고 작은 화분이 놓여 있었다. 그중 두 개는 펑린두 집에 있는 물 항아리만큼 컸다. 그 큰 화분에는 꽃이 가득

피어 있었다. 사시사철 온갖 들꽃이 피어나는 펑린두 들판에서
도 본 적 없는 꽃들이다. 어떤 꽃은 펑린두 들판에 피는 들꽃보
다 훨씬 화려하고 예뻤다.

란란은 할머니 손을 잡고, 앞장선 엄마를 따라 벽돌집에 들어
섰다. 마침 커다란 창문으로 쏟아져 들어온 청명한 가을 햇살이
집 안을 환히 비추고 있었다. 란란과 할머니는 오랫동안 어두운
초가집에 살아서 그런지 밝은 실내가 무척 낯설었다. 할머니는
눈이 부셔 손을 들어 눈을 가렸다.

시간이 조금 지나서야 집 안 모습이 눈에 들어오기 시작했다.
생전 처음 보는 물건들이 많았다. 아무리 생각해 봐도 무엇에 쓰
는 물건인지 감이 잡히지 않았다. 특히 둥그레 한 검은 유리창
이 박힌 커다란 상자는 저녁때가 되어서야 정체를 알게 됐다. 영
화를 볼 수 있는 상자였다. 게다가 흑백이 아니라 알록달록 컬
러 영화가 나왔다.

란란은 예전에 사촌 오빠 다오후와 펑 강가 보리 타작장에서
수많은 사람들 틈에 끼어 영화를 본 일이 있었다. 커다란 필름
회전판 두 개가 돌아가는 영사기가 빛을 쏘면 커다란 스크린에
영상이 나타났다. 그런데 이 요상한 상자는 스크린도 영사기도
없이 한쪽 면에 불투명한 유리창이 박혀 있을 뿐이었다. 란란은

나중에 이 신기한 물건의 이름이 '텔레비전'이라는 것을 알았다.

다음으로 눈에 띈 것은 방 한쪽 구석에 놓인 자기 키만 한 커다란 상자였다. 엄마가 그 상자에 생선 두 마리를 넣었다가 서너 시간 후에 꺼냈는데 단단하게 얼어 있었다. 여러 개 작은 칸으로 나뉜 도시락만 한 사각형 그릇에 물을 부어 그 큰 상자에 넣어 두었더니 얼음이 만들어지기도 했다. 엄마가 란란을 향해 빙긋이 웃으며 말했다.

"한겨울에도 강물이 얼려면 일주일은 매섭게 추어야 하는데, 정말 신기하지, 란란."

나중에 란란은 이 커다란 상자의 이름이 '냉장고'라는 것도 알게 됐다. 이것 말고도 엄마네 집에는, 가난한 시골 마을 펑린두에서는 볼 수 없는 진귀한 물건이 가득했다.

거실에는 예쁜 꽃무늬 수를 놓은 정갈한 카펫이 깔려 있었다. 할머니와 란란이 카펫 앞에서 머뭇거리자 엄마는 같은 말을 몇 번이나 반복했다.

"괜찮아요. 그냥 카펫이에요. 그냥 밟고 다니는 거라고요."

할머니와 란란은 결국 카펫을 밟고 올라서긴 했지만 마음이 편치 않았다. 란란은 물웅덩이를 건너듯 까치발을 들고 살금살금 걸었다. 할머니는 싸구려 무명옷 한 벌을 살 때도 며칠 밤낮을 고민하고 또 고민하면서 힘들게 결정을 내리는 사람이었다. 엄마가 아무리 괜찮다고 말해도 값비싼 카펫을 마음 편히 밟을 수 없었다.

펑린두에서 란란은 똑똑하고 영리하면서 재주 많은 꼬마 아가씨로 통했다. 그런데 이 집에 온 후로 조금 바보가 된 것 같았다. 시골에서는 손이 더러워지면 강가로 가 씻었지만 여기는 강이 없다. 엄마는 수돗물로 씻으라고 했다. 수돗물을 사용해 본 적이 없는 란란은 잠시 망설이다가 수도꼭지를 힘껏 비틀었다. 갑자기 강한 물줄기가 쏟아져 나오며 사방으로 물이 튀었다. 란란이 깜짝 놀라 몸을 움츠리자, 할머니가 달려와 수도꼭지를 돌렸다. 하지만 돌리면 돌릴수록 물줄기는 더욱 거세졌다. 란란과 할머니는 머리에서 발끝까지 홀딱 젖어 물에 빠진 생쥐 꼴이 됐다. 결국 엄마가 나서서 수도꼭지를 제압했다. 엄마는 얼굴에 튄 물방울을 닦아 내면서 큭큭큭 웃었다.

펑린두 들판을 거칠 것 없이 마음껏 뛰어다녔던 란란은 이 집에 들어서는 순간 두 손 두 발이 꽁꽁 묶여 버린 것 같았다. 어디로 가야 할지 몰라, 늘 같은 자리에서 앉고 서는 것만 반복했다. 할머니 집에 놓여 있던 그루터기 의자처럼 늘 같은 자리에 붙박여 있었다.

엄마도 집도 마당도 모든 것이 낯설었다. 지금껏 펑 강물을 마시고, 비걱거리며 돌아가는 풍차 풍경을 보고, 물소 울음소리를 들으며 자란 란란이었다. 천장부터 방바닥까지 늘어진 예쁜 파란색 커튼, 연꽃무늬 전등, 대문 앞에 서 있는 반질반질 윤이 나는 검정색 자동차를 보기만 해도 당황스럽고 불안했다.

한동안, 란란은 펑린두에서 데려온 고양이 꽁지를 품에 안은 채 오도카니 의자에만 앉아 있었다.

2

란란에게는 남동생이 있었다. 올해 일곱 살이 된 퉁퉁. 란란이 10살이 넘도록 한번도 만나지 못한 동생이다. 퉁퉁은 아빠와 엄마가 이 도시에서 쫓겨나 북쪽 국경 지역 산간 마을에 살 때 태어났다. 이름처럼 퉁퉁하고 키가 짤막해서 뒤뚱거리며 걷는 뒷모습이 꼭 오리 같았다. 퉁퉁의 코는 우스꽝스러운 들창코였다. 누군가 퉁퉁이 태어나자마자 코끝을 세게 들어 올린 것처럼 말이다. 퉁퉁은 살가운 아이였다. 할머니를 보면 우렁찬 목소리로 "할머니, 할머니." 하며 반가워했다.

엄마는 퉁퉁이 갓난아기였을 때부터 "네게는 예쁜 누나가 있단다. 네 누나는 똑똑하고 착한 아이란다."라는 말을 입에 달고 살았다. 퉁퉁이 말을 안 들으면 "네 누나는 너 같지 않았어."라고 말하곤 했다. 하지만 란란과 엄마는 10년을 헤어져 있었다. 란란이 젖먹이일 때 일이다. 그러니 엄마는 란란이 10년 동안 어떻게 컸는지 알지 못했다.

퉁퉁은 엄마 말로만 듣던, 상상 속에만 있던 누나가 집에 오자, 온종일 "누나, 누나." 하며 꽁무니를 쫓아다녔다. 미워할 수 없는 녀석이었다.

란란이 돌아온 후, 엄마는 10년 동안 쌓인 그리움과 한을 풀기라도 하듯, 란란만 보고 살았다. 아침마다 정성스럽게 란란의 머리카락을 빗기고 곱게 땋아 주었다. 밥을 먹을 때는 란란의 밥그릇에 이것저것 반찬을 올려 주었다. 잠을 잘 때도 란란 곁에 꼭 붙어 있었다. 자다가 몇 번이나 일어나 불을 켜고 단잠에 빠져 있는 란란의 얼굴을 가만히 쳐다보았다. 발그레한 볼, 예쁜 눈, 코, 입술을 하나하나 뜯어봤다.

그러다 갑자기 세상을 떠난 아이들 아빠가 생각나 눈물을 뚝뚝 흘리기도 했다. 엄마의 눈물이 란란의 머리카락 사이로 또르르 굴러 들어갔다. 엄마는 눈물을 닦고, 란란의 뺨에 자신의 뺨을 갖다 댔다. 그리고 란란의 머리카락에 입을 맞춘 후, 또 한 번 넋을 잃고 란란을 바라봤다. 엄마는 오랜 기다림 끝에 다시 만난 딸의 얼굴을 밤마다 바라보며 바보처럼 울고 웃었다.

"우리 딸, 엄마가 예쁘게 만들어 줘야지."

엄마는 란란을 데리고 옷가게 이곳저곳을 돌아다니며 예쁜 옷들을 사 주었다. 란란은 새 옷을 입을 때마다 엄마 손에 이끌려 커다란 거울 앞에 서야 했다. 거울에 비친 제 모습을 보면 부끄러워서 금방 얼굴이 새빨개졌다. 엄마는 그런 란란을 보면서 '세상에서 제일 예쁜 우리 딸'이라고 생각하며 뿌듯해 했다.

사실 란란은 펑린두에서도 나름 멋쟁이 꼬마 아가씨였다. 비록 낡기는 했지만 할머니가 늘 깨끗하게 옷을 빨아 주었다. 할머니는 빤 옷을 잘 개어서 베개로 눌러놓았기에 란란의 옷은 다림질한 것처럼 늘 반듯했다. 또 란란의 땋은 머리 끝에는 할머니와 사촌 오빠 다오후가 따다 주거나 란란이 직접 딴 예쁜 꽃이 늘 달려 있었다.

엄마는 란란을 이렇게 예쁘게 키워 준 할머니에게 매우 고마워했다. 뭐라도 보답해야겠다는 생각에 할머니에게도 옷을 여러 벌 사 드렸다. 한평생 낡고 해져 여기저기 기운 옷만 입고 살아온 할머니는 값비싼 옷은 만져 본 적도 없었다. 할머니는 옷을

살 때부터 한사코 거절했고, 옷을 산 후에도 아끼느라 입지 않았
다. 엄마와 란란의 성화에 어쩔 수 없이 새 옷을 입은 할머니는
소매를 매만지며 환하게 웃었다.

추탕 제8호 집 마지막 식구는 란란의 외할머니다. 그러니까
란란 엄마의 엄마다. 외할머니는 키도 몸집도 작아서는 펑린두
집 마당에 자라는 키 작은 고욤나무를 닮았다.

어느 날 저녁, 란란이 외할머니와 바깥에 나간 일이 있었다.
가로등 아래에서 카드놀이를 하던 동네 아저씨들이 외할머니에
게 손가락질하며 수군거렸다.

"저기, 저 할망구 못 보던 할망구네!"

그들이 손가락질한 '할망구'는 란란의 외할머니이자 이 도시
의 시장이었다. 시장이라고는 하나 도시로 돌아온 지 얼마 되지
않아 할머니를 알아보는 사람들은 많지 않았다.

외할머니는 겉으로는 왜소하고 연약해 보였지만 에너지가 넘
쳤다. 매일 아침 일찍 자동차를 타고 출근해서 가로등 불빛이 반
짝일 때가 되어서야 집에 돌아왔다. 집에 돌아와서도 편히 쉬지
못했다. 저녁 내내 외할머니를 찾는 전화와 손님이 끊이지 않
았다. 대문 앞에는 늘 자동차들이 줄지어 서 있고, 거실 전등은
늦은 시간까지 꺼질 줄 몰랐다. 외할머니는 커다란 소파에 앉아

쉴 새 없이 손짓을 해 가며 낭랑한 목소리로 대화를 이어 갔다. 란란은 그 모습이 펑 강변의 풍차를 꼭 닮았다고 생각했다. 1년 내내 쉬지 않고 돌아가는 풍차는 절대 지치거나 쓰러지지 않는다. 외할머니는 회의 때문에 며칠씩 집에 들어오지 못할 때도 많았다. 란란의 엄마는 그런 외할머니에게 불만을 터뜨리곤 했다.

"엄마, 애들 할머니도 오셨는데, 언제까지 이렇게……."

그러면 외할머니는 미안한 표정을 지으며 할머니 손을 잡았다.

"아이고, 정말 죄송해요, 형님. 제가 좀 모시고 다녀야 하는데……. 10년 동안 쌓인 일이 너무 많아요. 정말 일이 산더미처럼 쌓였다니까요."*

"작은 시골 마을 관리들도 눈코 뜰 새 없이 바쁜데, 이렇게 큰 도시의 시장님은 말할 것도 없죠. 당연히 일이 먼저지요."

외할머니는 바쁜 와중에도 가끔 시간을 내어 할머니와 함께했다. 두 사람은 암탉이 일 년에 달걀을 몇 개 낳는지, 시골에 사는 큰고모가 시집갈 때 탔던 꽃가마가 어쩌고저쩌고 하며 수다를 떨곤 했다.

외할머니는 구두가 불편하다며 주로 헝겊신을 신었는데 발이

---

*여기에서 10년은 '문화대혁명'이 일어났던 1966~1976년을 가리킨다. 많은 상류층과 지식인들이 농촌, 산골 등지로 쫓겨났고 많은 중국인들이 큰 고통을 겪었다. 혁명 이후 란란의 외할머니처럼 원래 자리로 돌아온 사람도 있지만 그렇지 못한 사람도 많았다.

너무 작은 탓에 꼭 맞는 신발을 찾기가 어려웠다. 그래서 오래 전에 산 낡은 헝겊신 두세 켤레를 번갈아 신고 있었다. 이것을 본 할머니는 사흘 밤을 꼬박 새우며 한 땀 한 땀 정성껏 바느질해 외할머니의 헝겊신을 만들었다. 헝겊신을 선물 받은 외할머니는 어린아이처럼 좋아했다. 당장 신발을 신고 모델처럼 허리를 쭉 펴고 거실을 돌아다녔다.

"형님, 오늘 저녁에 코 큰 서양인을 초대한 파티가 있는데 이거 신고 가면 되겠어요."

외할머니는 자기보다 나이가 많은 란란의 할머니를 존중하는 동시에, 한 가족이라고 생각해 친근하게 '형님'이라고 불렀다.

외할머니는 지난 10년의 고생이 자기 탓이라고 생각해 란란을 볼 때마다 애틋하고 미안했다.* 그래서 사랑스러운 외손녀딸을 볼 때마다 그냥 지나치지 못했다. 란란을 품에 안고 작고 메마른 손으로 말없이 란란의 등을 토닥이곤 했다.

---

* 작가는 란란의 외할머니를 문화대혁명 때 숙청당했던 지식인으로 설정하고 있는 것으로 보인다. 란란의 엄마, 아빠 역시 북쪽 지방으로 추방되었다.

3

    란란과 할머니는 귀여운 퉁퉁, 자상하고 따뜻한 외할머니, 다정하고 상냥한 엄마 덕분에 조금씩 낯설고 불안한 마음을 떨쳐냈다. 새 집과 새로운 생활에 점점 익숙해졌다.

    그러나 란란은 사촌 오빠 다오후가 그리웠다. 란란은 다오후가 가는 곳은 어디든 그림자처럼 따라다녔다.

    펑린두를 떠나온 지금은 다오후를 꿈에서밖에 볼 수 없다. 란란의 꿈에서 두 사람은 작은 배를 타고 물고기를 잡았다. 란란은 노를 젓고 다오후는 그물을 던졌다. 강물 위에 엷은 안개가 끼어 란란의 머리카락과 꽃무늬 셔츠가 금방 축축해졌다. 어느 날 꿈에서는 다오후가 갈대숲에 들어가 꽁무니가 반짝거리는 반딧불이를 잡아와 커다란 호박꽃 안에 넣고 란란에게 들게 했다.

    펑린두에서 란란과 다오후는 타작장에서 물소가 커다란 돌을 끌며 보리 빻는 것을 구경하곤 했다. 어떤 날은 펑 강가 풀밭에 앉아 종달새 지저귀는 소리를 들었다.

    펑 강가에는 온갖 새들이 날아들었는데, 란란과 다오후는 종달새를 가장 좋아했다. 종달새는 란란이 알고 있는 새 중에서 가장 높이 나는 새다. 구름을 뚫고 날아오르는 종달새의 지저귐은 언제나 듣기 좋았다. 그 맑고 청아한 울음소리가 펑 강가 들판과 마을 곳곳에 울려 퍼지면, 고된 일에 지친 사람들까지 절로 기분이 좋아졌다. 종달새의 지저귐은 언제나 세상을 밝고, 새롭고, 황홀하게 만들었다. 란란은 다오후와 함께 들판에서, 풀 더미 속에서, 작은 배에서, 때로는 서서, 때로는 앉아서, 고개를 쳐든 채 넋을 놓고 종달새를 바라봤다.

높고 먼 하늘에서 내려온 작은 종달새 한 마리, 혹은 두세 마리가 부드럽고 새하얀 구름을 쏙쏙 뚫고 나오면, 온 세상에 낭랑한 울음소리가 퍼졌다. 그 소리는 투명하고 깨끗한 펑 강물에 씻긴 듯 한없이 맑고 순수했다. 종달새 울음소리가 퍼져 나갈수록 하늘은 더 높아지고, 땅은 더 넓어지고, 나뭇잎은 더 반짝이고, 공기는 더 상쾌해졌다. 온 세상이 티끌 하나 없이 깨끗해지는 것 같았다. 종달새는 구름을 뚫고 나와 급강하하다가 갑자기 방향을 바꿔 구름 틈 사이로 쏟아지는 금빛 햇살을 향해 다시 수직으로 솟구쳤다. 점점 멀어져 간 종달새는 먼 하늘에 작은 점을 남기고 어느덧 시야에서 완전히 사라졌다. 모습이 사라진 후에도 그 울음소리는 계속 귓가에 맴돌았다. 란란은 다오후 옆에 앉아 한껏 고개를 젖힌 채 눈을 부릅뜨고 종달새를 찾았다. 하지만 종달새는 완전히 사라졌다. 꽁지도 두 사람과 함께 사라진 종달새를 열심히 찾곤 했다.

혹시 꽁지는 알고 있지 않을까? 뒷다리를 웅크리고 앞다리를 쭉 뻗은 꽁지는 복슬복슬한 목털을 드러내며 고개를 쳐들고 귀를 쫑긋 세웠다. 종달새 울음소리는 점점 잦아들더니 이내 들리지 않았다. 두 사람은 한동안 종달새가 돌아오길 기다렸지만 전혀 기미가 보이지 않았다. 란란은 점점 초조해졌다. 그럴 때마다 다오후는 "걱정하지 마. 꼭 돌아올 거야." 하고 란란을 안심시켰다. 그러고 나면 거짓말처럼 구름 저 멀리에서 가냘픈 울음소리가 희미하게 들려왔다. 울음소리가 점점 커지더니 마침내 종달새가 다시 모습을 드러냈다. 저 먼 하늘 어딘가에서 에너지를 충전하고 온 걸까? 울음소리가 더 맑고 청아했다. 맑고 순수한 종달새 울음소리가 온 세상을 가득 메웠다.

하루하루 지날수록 다오후를 향한 그리움은 더욱 커져 갔다. 이즈음 할머니가 엄마에게 펑린두로 돌아가야겠다고 말했다. 엄마가 말려 보았으나 소용없었다.

"너무 오래 있었어. 구경할 것도 다 하고 놀 것도 다 놀았으니 이제 그만 가 봐야지."

할머니가 한사코 떠나려 하자 엄마는 눈시울을 붉혔다.

"어머니, 혹시 애들 아빠 때문이라면⋯⋯."

엄마는 눈물을 떨궜다.

결국 할머니는 펑린두로 돌아가겠다는 말을 한동안 꺼내지 못했다. 그렇게 넘어가는 듯했지만 그리 오래 가지는 못했다. 할머니는 도시 생활에 여전히 익숙해지지 않았다. 엄마도 더는 할머니를 붙잡을 수 없어서는 아무 말도 하지 않았다.

할머니는 마음을 정한 후, 흐릿하긴 했으나 한없이 부드러운 눈빛으로 말없이 란란을 온종일 지켜봤다. 가끔 란란을 끌어안고 뼈마디가 굵어진 두 손으로 머리카락이며 얼굴을 한없이 쓰다듬었다. 란란은 할머니의 거친 손이 제 얼굴을 어루만지도록 내버려 뒀다. 가끔 제 손을 할머니 손등에 포개어 할머니 손을 따라 같이 움직이기도 했다.

하루는 엄마가 가족사진을 찍자고 제안했다. 외할머니가 대찬성하며 반겼다. 엄마가 카메라 자동 셔터를 누르고 재빨리 뛰어와 할머니 옆에 앉는 순간, 갑자기 란란이 자리를 박차고 뛰어나갔다. 찰칵 소리가 울리는 순간, 란란은 카메라 렌즈 안에 없었다. 엄마는 도무지 딸의 속을 알 수가 없었다.

"얘가 왜 이래!"

"난 할머니 보내지 않을 거예요."

란란이 결국 울음을 터뜨렸다.

"이런 바보. 할머니가 평생 네 곁을 지킬 수는 없는 거야."

"그럼……, 그럼 나도 할머니랑 같이 갈래요."

엄마는 말문이 막혀 한동안 멍하니 서 있었다. 잠시 후 엄마는 할머니와 외할머니가 서 있는 쪽으로 걸어가 뭐라고 속닥이더니, 다시 란란에게 다가왔다.

"그래, 할머니를 계속 계시게 하자. 그럼 됐지?"

란란은 그제야 얌전히 사진을 찍었다. 사진을 찍고 어른들이 방으로 들어간 후, 퉁퉁이 꽁지를 바닥에 내려놓고 살금살금 다가와 란란에게 귓속말을 속삭였다.

"누나, 내가 어른들이 하는 말 들었는데, 할머니가 안 간다는 건 거짓말이야. 누나 모르게 몰래 갈 거라고 했어."

란란은 어안이 벙벙했다.

"누나, 나한테 좋은 방법이 있어."

란란이 퉁퉁에게 시선을 돌렸다.

"할머니를 꽁꽁 묶어 두면 돼."

란란이 고개를 가로저으며 말했다.

"퉁퉁아, 할머니를 지켜야 하는데, 도와줄래?"

퉁퉁은 연신 고개를 끄덕이며 대답했다.

"걱정 마. 내가 아침부터 저녁까지 열심히 할머니를 지킬게."

이날부터 퉁퉁은 할머니 꽁무니를 졸졸 따라다녔다. 할머니가 낮잠을 잘 때도 방문 앞을 지켰다. 얼마 전에 엄마가 사 준 장난감 총까지 들고서. 외할머니는 그런 퉁퉁이 귀엽고 웃겼다.

"얘, 퉁퉁아, 이 할미가 뭔 죄인이니?"

"할머니가 도망가려고 하니까 그렇지."

퉁퉁은 할머니에게 조금이라도 이상한 낌새가 보이면 곧바로 란란에게 쪼로로 달려가 일러바쳤다.

"누나, 할머니가 가방을 정리하고 있어."

"누나, 할머니가 침대에 멍하니 앉아 있어."

"누나, 할머니가 울어."

깜짝 놀라 할머니에게 달려간 란란은 그 옆에서 잠시도 떨어지지 않았다. 저녁을 먹고 텔레비전 방송이 끝나고 잘 시간이 되면 할머니와 같이 자겠다고 고집을 부렸다.

"할머니 침대는 작아서 두 사람이 못 자."

어쩔 수 없게 된 란란은 옆에 지키고 서 있다가 할머니가 잠든 후에야 엄마 방으로 돌아갔다.

'누나, 할머니가 울어.' 퉁퉁이 했던 말이 귓가에 맴돌았다. 란란은 불 꺼진 후에도 한동안 잠들지 못하고 두 눈을 껌뻑였다.

엄마가 잠결에 란란을 안으려고 팔을 뻗었다. 손끝에 닿은 것
은 빈 이불뿐이었다. 벌떡 일어나 불을 켰다. 침대 위에도, 방
안 어디에도 란란이 보이지 않았다. 엄마는 허둥대며 딸의 이
름을 불렀다.

"란란, 란란."

대답이 없자 엄마 목소리가 더 커졌다.

"란란, 란란."

엄마는 맨발로 대문 밖까지 뛰어나갔다. 외할머니도 깜짝 놀
라 잠옷 바람으로 따라 나왔다.

"무슨 일이니?"

"란란이 없어요. 란란이 없어졌어요."

엄마는 얼마나 놀랐는지 부들부들 떨었다. 곧이어 온 집 안을
뒤지기 시작한 두 사람은 거실을 지나 할머니 방 앞에서 걸음을
멈췄다. 외할머니가 불을 켜고 안을 둘러봤다. 란란이 방문 바
로 앞에 담요를 휘감고 옆으로 누워 팔베개를 한 채 잠들어 있
었다. 그 옆에 웅크려 자던 꽁지가 불빛에 잠이 깼는지 하품하
며 기지개를 켰다.

"애를 어쩜 좋아. 할머니가 떠나면 죽는다고 하겠네."

엄마는 란란을 안아 들어 올렸다. 외할머니가 함께 란란을 옮

기고는 이렇게 말했다.

"그동안 할머니 혼자서 란란을 키우느라 얼마나 고생이 많으셨겠니? 우리가 상상할 수 없을 만큼 힘들었을 게다. 우리는 모르지만 이 애는 똑똑히 알고 있는 게지. 기억나니? 우리 가족이 어기서 쫓겨날 때, 란란을 데리러 오셨었지. 그때 까맣던 머리카락이 이제 완전히 백발이 됐더구나. 그 모진 세월 동안 두 사람 사이에 얼마나 깊은 정이 쌓였겠니. 그 마음은 당사자가 아니면 죽었다 깨어나도 모를 거야."

"그러니 어쩌면 좋아요?"

엄마는 속이 더 타들어 갔다. 외할머니는 란란에게 담요를 덮어 주며 말했다.

"이렇게 하자. 내일 내가 애들 할머니랑 다시 얘기해 보마, 조금 더 계시라고."

"그래요. 마침 잘됐어요. 리씨 아줌마가 몸이 좋지 않아 언제 돌아올지 모르겠다고 편지를 보내왔거든요. 엄마는 늘 바쁘시고, 나도 지금은 여유가 있지만 곧 공연이 많아질 것 같아요. 출장 공연도 많을 텐데 집에 애들만 놔둘 수 없잖아요? 애들도 봐주고 집안일도 해야 하는데 믿고 맡길 사람이 필요해요."

"할머니가 애들을 봐 주시면 정말 좋지. 하지만 여기 계시는 동안 편히 지내시도록 신경 써야 한다. 그동안 많이 힘드셨을 거야. 혹여 억지로 붙잡아 두는 게 아닌지 걱정이구나. 물고기도 저 놀던 물이 좋다는데……. 고향에 있는 아들이며 손자며 그리우시겠지."

외할머니는 생각난 김에 엄마에게 한 가지 더 당부했다.

"리씨네가 못 온다니 당장 집안일 할 사람을 알아보렴."

다음 날, 외할머니가 할머니 앞에 마주 앉아 빙그레 웃으며 말했다.

"형님, 상의할 일이 있는데……."

할머니 팔을 꼭 붙들고 있던 란란이 간절한 눈빛으로 할머니를 바라보며 말했다.

"할머니, 가지 마세요."

4

란란이 태어나기 전, 란란의 아빠 엄마가 할머니를 도시로 모시려 했던 적이 있었다. 할머니는 길이 멀어 힘들다는 등의 핑계를 대며 한 발자국도 움직이지 않았다.

"어머니, 제가 대학 다닐 때 평생 도시에 가 본 적이 없는데 언제 한번 가 보나 하셨잖아요."

"그때는 그때고 지금은 늙어서 꼼짝도 하기 싫다. 내가 도시에서 뭘 할 수 있겠어. 거긴 완전히 다른 세상이야"

아빠는 할머니 마음을 이해할 수 없었다. 할머니는 평생 농사를 지어 초가 두 채를 마련했다. 그것이 할머니의 전부였다. 할머니는 글도 모르는 무지렁이 촌사람이었지만 세상 이치는 누구보다 밝았다. 그러나 아빠가 무턱대고 계속 조르니 할머니는 억지로 그러마 하고 대답했었다. 그리고 막상 떠나는 날, 갑자기 말을 뒤집었다.

"앞으로 더 좋은 날이 있을 게다. 다음에 가자꾸나."

할머니가 너무 단호해서 아빠는 더는 권할 수 없었다. 그로부터 2년 후, 할머니는 당신 스스로 도시에 있는 아들 집에 찾아갔다. 아무도 오라 가라 하지 않았는데 할머니 혼자 고생스럽게 먼 길을 나선 것이다.

1966년 연말, 온 세상이 미쳐 돌아가던 때였다. 혁명이라는 이유로 죄 없는 사람을 잡아다가 마구 때렸다. 닥치는 대로 물건을 때려 부쉈고, 함부로 남의 재물을 빼앗았다. 젊은 패거리들이 누구든 구실만 생기면 잡아먹을 것 같은 표정으로 목이 쉬도록 '타도하라'를 외쳐 댔다.. 남녀노소 할 것 없이 모두가 불안에 떨던 그때, 많은 사람이 하루아침에 불행에 빠졌다.

란란의 외갓집도 그중 하나였다. 집과 재산을 몰수당하고 비바람이 새어 드는 판잣집으로 쫓겨났다. 할머니는 이 소식을 듣고 당장 고구마와 계란을 챙겨 도시로 떠났다. 할머니는 온몸에 먼지를 뒤집어쓴 채, 비바람에 흔들리는 판잣집에 도착했다. 마침 거센 바람에 떨어진 낙엽이 판잣집 사방에 휘날리고 있었다. 판잣집에서 숨어 지내던 외할머니는 갑자기 나타난 낯선 그림자를 보고 깜짝 놀랐다. 곧 란란 할머니임을 알아보고 한걸음에 달려와 할머니 손을 꼭 잡았다. 그러나 아무 말도 하지 못했다.

"여기 있으면 또 무슨 일을 당할지 모르니 같이 펑린두로 함께 내려가요."

할머니가 이렇게 말할 때도 외할머니는 애꿎은 할머니 손만 만지작거렸다. 아빠는 할머니에게 위험하니 빨리 시골로 돌아가라고 했지만 할머니는 란란을 돌봐야 한다며 말을 듣지 않았다. 얼마 뒤 외할아버지와 외할머니가 감옥에 끌려가고 아빠 엄마마저 국경 산골 마을로 쫓겨나자, 할머니는 돌도 지나지 않은 란란을 품에 안고 펑린두로 데려갔다.

할머니는 란란을 안고 어를 때마다 제 아빠 엄마 사진을 보여 주며 "조금만 기다리렴." 말하곤 했다. 그렇게 10년을 기다린 끝에 드디어 외할머니와 엄마가 원래의 자리로 돌아온 것이다. 하지만 외할아버지는 감옥에서 돌아가셨고, 산간 마을에서 벌목공으로 일하던 아빠는 커다란 나무가 덮쳐 숨을 거뒀다.

세월이 지나고 모든 것이 제자리로 돌아오고, 엄마도 외할머니도 도시로 돌아왔다. 그리고 엄마는 곧바로 펑린두로 향했다. 란란과 할머니를 도시로 데려올 생각이었다. 하지만 할머니는 오래전 아들이 도시행을 권했을 때처럼 마음을 쉽게 정하지 못했다. 란란이 죽어도 할머니랑 헤어질 수 없다고 떼를 쓰고 일찌감치 철이 든 란란의 사촌 오빠 다오후까지 거드는 바람에 어쩔 수 없이 다시 발길을 돌렸었다.

그러나 언제고 란란이 할머니와 지낼 수는 없는 일이었다. 마침내 엄마의 설득이 이어지고 란란과 할머니가 엄마의 집으로 오게 된 것이다.

도시에서 지내는 날이 길어지자 할머니는 몸도 마음도 불편했다. 펑린두로 돌아가고 싶은 마음이 간절해졌다. 란란과 퉁퉁이 아니면, 할머니는 이 도시와 전혀 상관없는 사람이다. 이 집이 아무리 좋아도 아들이 없으니 어차피 남의 집일 뿐이었다.

하지만 할머니도 란란과 헤어지는 일이 쉽지 않았다. 10년 동안 밥 한 숟가락, 물 한 모금을 떠먹이며 애지중지 키운 손녀다. 팔이 저리도록 팔베개를 해 준 밤이 하루 이틀인가. 그런 란란이 어느새 훌쩍 자라 꼬마 숙녀가 되었다. 문득 '아비도 없는 저 불쌍한 것을 두고 어떻게 떠나나.' 싶은 생각이 들기도 했다.

'그래도 갈 사람은 가야지.'

할머니가 이번에야말로 꼭 떠나겠노라고 다짐한 그 순간, 외할머니가 할머니를 설득하러 나선 셈이었다.

"형님, 여기에서 저랑 말동무하면서 살아요. 란란이랑 헤어지는 거, 생각이나 해 보셨어요? 혹시 손자가 보고 싶어서 돌아가려는 거라면 란란 사촌 오빠도 데려와 함께 살면 어때요?"

외할머니는 다정한 말투로 할머니 상황을 세심하게 배려하며 말했다. 할머니는 저도 모르게 눈물이 났다. 외할머니가 다시 할머니를 위로했다.

"이게 뭐 눈물 흘릴 일인가요. 애들 아빠는 세상에 없지만 애들 엄마는 형님 며느리예요. 란란이랑 퉁퉁은 손주들이고요."

"동생……."

할머니는 말을 잇지 못하고 애꿎은 외할머니 손만 만지작거렸다. 결국 할머니는 또 한 번 마음을 돌렸다.

5

하루하루 햇살이 따사로워지니 그늘에 쌓인 눈이 녹고 겨우내 단단하게 얼었던 대지가 촉촉하고 말랑해졌다. 한낮에는 햇볕이 더 강해져 여기저기 아지랑이가 피어올랐다. 큰길 버드나무 가지에 솜털처럼 부드러운 싹이 돋고, 공원 복숭아나무 줄기는 검붉은 구릿빛 광채를 뿜어내기 시작했다. 마당 한편을 가득 메운 개나리는 노랗게 물든 줄기 하나하나 황금처럼 빛났다. 담벼락 아래 대나무 줄기에 핥아 먹고 싶을 만큼 싱그러운 나뭇잎이 돋아 초록으로 물들어 갔다. 겨울이 지나간 자리에 천천히, 천천히 봄이 오고 있었다.

긴 겨울 방학이 끝나가자 란란과 퉁퉁은 학교 갈 준비를 시작했다. 지난 가을 학기는 어쩔 수 없이 놓쳤지만 다행히 엄마가 바쁘지 않아 집에서 부족한 공부를 채웠다. 학교는 집에서 멀지 않았다. 엄마는 외할머니 몰래 외할머니의 운전기사 리씨 아저씨에게 전화해 차를 가져오게 했다. 그 차는 얼마 후 소학교 운동장에 나타났다. 그러자 학교 전체가 들썩였다.

란란네 집 높은 담장 뒤편에는 여러 집이 마당 하나를 같이 사용하는 공동 마당 마을이 있다. 예전에는 인력거꾼, 노점상, 길에서 칼이나 가위를 갈아 주는 사람처럼 도시 하층민이 살았다. 지금은 소학교 선생님, 이발사, 어린이집 보육사에서 목욕 마사지사, 호떡 장수, 청소부 등 다양한 사람들이 모여 산다. 란란이 다니는 소학교 학생들은 대부분 이곳에 사는 아이들이었다.

작은 단층 건물 몇 개가 전부인 소학교에 고급 자동차가 나타나기는 처음이었으니 아이들이 우르르 몰리는 게 당연했다. 교실 문을 박차고 나온 아이들은 번쩍번쩍 빛나는 자동차를 보며 흥분해 소리를 질렀다. 선생님들도 어떤 높으신 양반이 왔나 싶어 서둘러 복도로 뛰어나가 살폈다.

드디어 자동차 문이 열리고 주인공이 등장했다. 엄마는 머리카락을 쓸어 올리고 방긋 웃으며 두 아이의 손을 잡고 교무실로 향했다.

란란은 펑린두에서 첫 등교하던 날이 생각났다. 여섯 살 되던해, 할머니 손을 잡고 처음으로 학교에 갔다. 그날 란란은 할머니가 남색 천을 한 땀 한 땀 바느질해서 만든 책가방을 멨다. 책가방 안에는 공책 두 권이 있었는데, 그중 한 권은 다오후가 담배 종이를 주워 모아 엮은 것이었다. 큰아버지는 작은 나뭇조각으로 필통을 만들어 주었다. 입학식 날, 다오후가 작은 간이 의자를 들고 와 란란과 할머니 뒤에 앉았다. 학교에 다니며 공부를 한다니, 그때 란란은 너무 신나서 팔짝팔짝 뛰었다.

오늘, 란란은 엄마와 함께 자동차를 타고 학교에 왔다. 엄마가 새로 사 준 가죽 책가방을 멨다. 반짝이는 금색 지퍼 두 줄과 크고 작은 주머니 여러 개가 달려 있는 책가방이다. 안에는 공책 몇 권과 크고 좋은 자석 필통이 들어 있다. 필통에는 연필, 지우개 그리고 멋진 만년필 두 자루가 있다. 그런데 란란은 전혀 즐겁지 않았다. 줄곧 고개를 푹 숙이고 있었다. 시골에서 자란 탓에 많은 사람의 시선이 닿는 것이 낯설고 부끄럽기도 했지만 뭔가 소중한 것을 잃어버린 것처럼 마음이 허전했다.

'아, 다오후 오빠가 없어. 그리고…… 펑린두처럼 다정한 친구들도 없어.'

펑린두에서 할머니 손을 잡고 처음 학교에 가던 날에는 교실에 들어가기도 전에 친구들이 우르르 몰려나와 란란을 잡아끌었다.

"란란, 나랑 책상 같이 쓰자."

"란란, 우리 같이 앉을래?"

그러나 오늘은 아무도 란란의 손을 잡아끌지 않았고, 이름을 부르는 아이도 없었다.

'왜 다들 멀찌감치 떨어져 흘깃거리기만 할까?'

1학년인 퉁퉁은 신나 보였다. 엄마 옆에 붙어 어깨를 쭉 펴고 힘차고 당당하게 걸었다. 엄마는 교장 선생님과 여러 선생님들의 공손한 안내를 받으며 교무실로 들어갔다. 우르르 뒤따라온 아이들이 문밖에서 목을 길게 빼고 교무실 안을 살폈다. 란란은 계속 고개를 들지 못했다. 엄마 옆에 찰싹 붙은 퉁퉁은 의기양양한 표정으로 문밖의 아이들을 쳐다봤다.

잠시 후 엄마는 교장 선생님과 악수를 나누고, 란란과 퉁퉁을 잘 부탁한다는 말을 남기고 다시 자동차에 올라탔다. 엄마가 창문을 내리고 손을 흔들자 당황한 선생님들도 어색하게 손을 흔들었다. 엄마는 란란과 퉁퉁을 남겨놓은 채 자동차를 타고 사라졌다. 이날 란란의 엄마와 자동차는 선생님과 아이들에게 강렬한 인상을 남겼다. 란란과 퉁퉁이 평범한 집 아이가 아니라는 것을 분명히 알려 준 셈이었다.

1학년 교실에서 짝꿍을 정하던 날, 담임선생님이 퉁퉁에게 직접 짝꿍을 고르라고 했다. 퉁퉁은 콧대에 작은 안경을 걸친 마오마오를 선택했다. 퉁퉁이 마오마오를 선택한 이유는 마오마오의 새끼거북 때문이었다.

4학년인 란란과 반 친구들은 이제 마냥 어린애가 아니었다.

세상이 어떻게 돌아가는지 어느 정도는 알았다. 반 친구들은 란란이 완전히 다른 세상 사람이라고 생각해 멀찌감치 떨어져 지켜보기만 했다. 그중에는 부러운 시선이 가장 많았지만, 왠지 모를 두려움 때문에 일부러 피하거나 경계하는 아이들도 있었다. 몇몇 아이들은 이유 없이 란란에게 쌀쌀맞고 둥명스럽게 굴었다. 늘 고개 숙인 란란은 초가 지붕의 펑린두 소학교 교실이 너무나 그리웠다.

란란은 시간이 지나면서 조금씩 반 친구들과 가까워지기 시작했다. 친구들은, 착하고 잘난 척하지 않는 란란이 자기들과 별반 다르지 않은 아이라는 사실을 알게 됐다. 란란은 매일 수업이 끝나면 조용히 빗자루를 들고 교실 바닥을 쓸었고, 의자를 밟고 올라가 칠판을 깨끗이 닦았다. 체육 시간에 선생님이 커다란 공 바구니 두 개를 들고 오면 뒷짐을 지고 맨 뒤에 서 있다가 친구들이 좋은 공을 다 고르면, 남아 있는 솔기 터진 공을 집었다. 란란은 아무렇지 않은 표정으로 터진 공을 들고 볼이 빨갛게 달아오를 때까지 신나게 뛰어놀았다.

란란의 짝꿍은 샤오위라는 남자아이였다. 손이 무릎에 닿을 만큼 유별나게 팔이 길어서 친구들이 '긴 팔 원숭이'로 불렀다. 팔이 어찌나 긴지 필기할 때 책상에 팔을 올리면 책상이 비좁을 정도였다. 이럴 때 란란은 가만히 옆으로 비켜 주며 계속 옆으로 자리를 옮기다 보면 공책이 책상 끝에 아슬아슬하게 걸쳤다. 선생님이 이 모습을 보고 눈살을 찌푸리며 소리쳤다.

"샤오위, 네가 란란을 밀어내고 있는 거 안 보이니?"

그러면 샤오위는 깜짝 놀라 얼른 팔을 움츠렸고 란란은 들릴 듯 말 듯 작은 목소리로 이렇게 말했다.

"선생님, 저는 괜찮아요. 이 정도면 충분해요."

샤오위의 긴 팔 때문에 곤란을 겪은 것은 또 있었다. 서예 시간에 란란이 먹물 통을 여는 순간, 샤오위가 글씨를 망친 종이를 찢는데 팔꿈치가 우연찮게 란란의 먹물 통을 건드렸고 먹물이 란란의 옷에 쏟아졌다. 당황한 샤오위가 손으로 먹물을 닦아 내려 했지만 문지를수록 얼룩이 더 크게 번졌다. 샤오위는 다급한 마음에 옷을 움켜쥐고 혀로 핥기까지 했지만 제 얼굴만 새카맣게 물들이고 말았다. 란란은 샤오위의 새카만 얼굴을 보며 "풋." 하고 웃음을 터뜨렸다. 그리고 얼른 수돗가로 뛰어가 옷을 벗어 빨고 나무에 걸어 말렸다. 교실에 돌아온 란란은 진땀을 흘리며 어쩔 줄 몰라 하는 샤오위를 향해 생긋 웃었다.

"괜찮아."

이 순간 모든 친구의 시선이 란란에게 쏠렸다. 대부분 따뜻하고 다정한 눈빛이었고, 몇몇은 깊은 감동을 받은 표정이었다.

란란은 조금씩 펑린두에서의 생기발랄한 모습을 되찾아갔다. 란란은 친구들에게 펑 강의 풍경과 종달새 이야기, 커다란 나무에 올라가 흑비둘기 알을 훔친 이야기를 해 주었다.

란란은 다오후 오빠 이야기를 할 때 가장 신이 났다. 란란에게 다오후는 못하는 것이 없는, 세상에서 제일 멋진 영웅이었다. 신나게 이야기하다가 가끔 구수한 사투리가 섞인 민요를 흥얼거리기도 했다.

란란은 새로 사귄 친구들과 이야기를 나누는 것이 너무 즐거웠다. 높은 담장에 둘러싸여 쥐죽은 듯 조용한 집에 들어가는 것이 싫어서 매일 수업이 끝나면 퉁퉁을 데리고 공동 마당에 놀러 갔다. 샤오위를 포함해 여러 친구들과 어울려 놀고 같이 숙제도 했다. 해 질 무렵, 담장 저편에서 할머니가 부르는 소리가 들리면 그제야 퉁퉁의 손을 잡고 집으로 돌아갔다.

6

할머니는 가정부를 구하는 데 반대했다.

"지금처럼 이렇게 살면 되는데 뭐 하러 사람을 쓴다니!"

평생 농사를 지으며 모든 집안일을 직접 해 온 할머니는 사람을 부리는 일이 익숙지 않았다.

"얼마가 됐든 다달이 돈이 나갈 텐데……."

엄마는 대꾸할 말이 없어 그냥 웃었다. 엄마가 어릴 때부터 외갓집에는 가정부가 여럿 있었다.

"그래도 가정부가 있으면 좋지요."

"어차피 내가 꿈지럭거릴 텐데 가만있으면 되레 병 나지."

외할머니는 어렸을 때 농촌에서 산 적이 있어서 할머니 뜻을 이해했다. 바쁜 농촌 생활이 몸에 밴 상태에서 갑자기 할 일이 없어지면 무언가 텅 빈 것처럼 허전해지고 우울해지기 마련이다. 그래서 외할머니는 엄마를 설득했다.

"란란 할머니 말씀대로 하자. 힘든 일이 있으면 다 같이 도우면 되고. 그리고 리씨네만한 사람이 어디 있겠니? 리씨네가 언제 돌아올지 모르는데 새로 사람을 구했다가 금방 그만두라고 할 수도 없으니, 더 기다려 보자."

이렇게 해서 가정부 구하는 일은 잠시 뒤로 미뤄졌다. 대신 엄마는 모든 집안일을 할머니에게 맡겼다.

"저도 바쁘고, 애들 외할머니는 더 바쁘시니 어머님이 잘 맡아 주세요."

할머니는 집안일이 몸에 배여 잠시도 가만있지 않고 일부러라도 일거리를 만들었다. 집 안 구석구석 하도 쓸고 닦아서 티끌 하나 쌓일 틈이 없었고 유리창은 늘 반짝거렸다. 한번은 참새 두 마리가 창이 없는 줄 알고 날아오다가 유리에 부딪혀 창틀에 떨어졌을 정도였다. 퉁퉁의 옷이 조금만 더러워져도 당장 벗겨 빨았다. 퉁퉁은 워낙 개구쟁이라 하루에 서너 번씩 옷을 갈아입을 때도 많았다.

할머니는 시골에서 살던 습관 그대로 이른 새벽에 일어나 방안을 정리하고 아침밥을 지었다. 두 아이를 학교에 보내고 나면 대바구니를 들고 집을 나서 장을 보러 갔다. 또 마당 한편에 이런저런 채소를 심은 작은 텃밭을 가꾸었다.

어느 날 엄마와 절친한 뤄 이모가 놀러 왔다. 엄마와 외할머니가 도시에 돌아온 후 첫 방문이었다. 뤄 이모의 부모님은 외할머니와 같은 학교를 다닌 오랜 친구이자 직장 상사이기도 했다.

그래서 엄마와 뤼 아줌나는 어려서부터 늘 붙어 다녔다. 엄마는 외할아버지와 외할머니가 일 때문에 외국에 나가 있는 동안 뤼 이모네서 살았는데, 그때 서로 없으면 못 사는 사이가 됐다.

뤼 이모는 자동차를 타고 왔다. 퉁퉁 또래의 남자아이가 같이 왔는데 이름이 징징이었다. 검정색 터틀넥 스웨터를 입은 뤼 이모는 어깨를 펴고 당당하게 걸어왔다. 새하얀 장갑을 낀 길고 가느다란 손에 손바닥만 한 작고 예쁜 핸드백을 들고 있었다. 한걸음에 달려 나온 엄마는 뤼 이모의 차림새를 보고 소리를 질렀다.

"세상에!"

뤼 이모는 무대에서 노래하는 가수처럼 포즈를 취하며 말했다.

"어때?"

엄마는 까르르 웃었다.

"나 곧 프랑스에 다녀와."

"정말?"

두 사람은 징징을 데리고 집 안에 들어섰다. 뤼 이모가 걸을 때마다 또각또각 구두 소리가 울렸다. 꽁지는 낯선 사람이 나타나자 베란다 구석에 몸을 웅크리고 겁먹은 눈동자만 굴려 댔다.

"웬 고양이?"

뤼 이모는 놀란 표정을 짓다가 금방 절레절레 고개를 저었다.

"왜 저런 고양이를 키워. 너무 못생겼다."

"우리 딸 보물이라 어쩔 수 없어."

엄마는 뤄 이모 손을 잡고 신나게 거실로 들어갔다. 뤄 이모는 집 안을 휙 둘러봤다.

"너무 낡았네. 너희 엄마는 집수리 한번 안 하신다니?"

"엄마는 늘 필요 없다 그러시지. 너도 우리 엄마 잘 알면서."

"너희 엄마 아직도 그러시니? 요즘엔 그런 사람 없는데…….
참, 애들은?"

"란란아, 퉁퉁아."

란란과 퉁퉁은 엄마가 부르는 소리를 듣고 거실로 나왔다.

"이모한테 인사하렴."

"이모."

퉁퉁은 언제나처럼 깜짝 놀라도록 크게 고함을 질렀다.

"안녕하세요, 이모."

란란은 수줍은 아가씨마냥 들릴 듯 말 듯 작은 목소리로 인사
했다. 뤄 이모는 제 아들을 끌어당겼다.

"징징아, 퉁퉁이랑 같이 놀면 되겠다."

그러고는 뤄 이모는 란란의 얼굴을 찬찬히 살폈다.

"어머, 눈이 크기도 하지. 눈동자도 새카맣고 코도 오똑하고

입술도 예쁘고…….”

엄마는 기분 좋게 미소를 지었다.

“흠, 살이 좀 까맣구나. 햇볕에 나가 놀지 말라고 해. 조금만 지나면 백옥처럼 뽀얗게 될 거야.”

엄마는 계속 웃기만 했다. 뤄 이모는 새하얀 손을 뻗어 란란의 손을 잡고 요리조리 살폈다.

“손가락이 이렇게 길고 예쁜데 당장 피아노 가르치지 않고 뭐해? 요즘 여자애들은 교양이 없어 큰일이야.”

“맞아. 그런데 피아노 배우기는 좀 늦지 않았니?”

“시골에 몇 년 더 있었으면 호미질하고 풀 뽑느라 정말 시골 아가씨 손이 됐을 거야. 그랬다면 방법이 없었겠지. 그런데 아직은 괜찮아. 너, 10년 동안 엄마 노릇 하나도 못 했으니 이제라도 열심히 해야 하잖아. 시골에 있는 동안 네 딸 인생이 얼마나 큰 손해를 본 거니. 지금이라도 빨리 앞으로 치고 나가야지.”

이때 할머니가 쟁반을 들고 나타났다. 손이 떨리는 바람에 찻잔에 담긴 물이 조금 흘러넘쳤다. 할머니는 쟁반을 탁자 위에 올려놓고, 조심스럽게 찻잔을 손에 받쳐 찻상으로 옮겼다. 찻잔 바닥에 대롱대롱 달렸던 물방울이 카펫 위에 똑똑 떨어졌다.

뤄 이모는 가만히 지켜보고 있다가 자기 앞에 찻잔이 놓이자 감사 표시로 할머니에게 고개를 까딱였다. 할머니는 온화한 미소로 답한 뒤 쟁반을 들고 사라졌다. 할머니가 거실에서 나가자마자 뤼 이모가 다급하게 물었다.

"리씨 아줌마는? 가정부를 언제 바꾼 거야?"

엄마는 당황해서 얼굴이 빨개졌다.

"무슨 소리야. 애들 친할머니야."

"친할머니?"

엄마가 어색하게 고개를 끄덕였다. 난처해진 뤼 이모는 얼른 화제를 바꾸었다.

"애들은 둘 다 저쪽 소학교 다니는 거야?"

"엄마 뜻이야."

"아휴, 너희 엄마 정말 너무하신다. 당신 손주들이 골목 애들이랑 노는 게 뭐가 좋다고. 그런 애들은 하나같이 연탄처럼 시커멓고 할 줄 아는 게 아무것도 없지. 욕지거리밖에 더 하겠어. 욕하는 건 일당백일 거야."

"그러니까, 어쩌면 좋으니."

엄마는 뤼 이모의 말을 들을수록 마음이 조급해졌다.

"시 위원회 부속 소학교에 보내야지."

"개학한 지 벌써 두 달이나 지났는데……."

"편입 방법을 알아봐야지. 네가 결정만 내리면 내가 부탁할 사람을 찾아볼게."

엄마는 잠시 고민했다.

"엄마가 반대할 텐데. 엄마가 모레 베이징 출장을 가시는데, 그 틈에 해치워 버릴까?"

"그게 좋겠다. 너희 엄마가 알아도 그땐 이미 엎지른 물이니까, 아무리 뭐라 하셔도 소용없어. 애들을 좋은 학교에 보내겠다는 게 잘못된 일도 아니잖아."

엄마와 뤄 이모는 기분 좋게 웃었다.

이때 외할머니가 귀가했다.

"누가 이렇게 좋아 죽니?"

"어머나, 어머니."

뤄 이모가 벌떡 일어나 외할머니에게 달려갔다. 외할머니, 엄마, 뤄 이모는 한참 이야기꽃을 피웠다.

잠시 후 할머니가 다가와 앞치마에 손을 닦으며 "식사하세요." 하고 말했다. 모두 주방에 모였는데, 두 사내아이가 보이지 않았다. 엄마가 란란에게 퉁퉁과 징징을 데려오라고 말했다. 잠시 후, 란란이 혼자 돌아왔다.

"애들이 싸워요."

란란 말이 끝나자마자 징징이 뛰어들어 왔다. 양손을 허리에 얹고 삐딱하게 서서 씩씩거렸다. 뤄 이모가 징징에게 말했다.

"할머니에게 인사 드려."

징징이 외할머니를 힐끗 보더니 시선을 내리깔았다.

"모르는 사람이야."

"너, 이 녀석, 누가 이렇게 버릇없이 말하랬어."

뤄 이모가 크게 화를 냈다. 엄마가 얼른 나서 분위기를 바꿨다.

"자, 얼른 밥 먹어요."

버릇없이 의자에 올라앉은 징징은 대충 아무 접시에서 고기 한 점을 집어 입속에 넣고 두어 번 씹더니 얼굴을 찡그리며 뱉어 버렸다.

"너무 짜. 이렇게 짠 걸 어떻게 먹어!"

온종일 군것질을 해서 배가 고프지 않았고 밥상을 보니 좋아하는 반찬도 없었다. 징징은 우당탕 요란한 소리를 내며 의자에서 내려와 꽥꽥 소리를 질렀다.

"안 먹어, 안 먹어. 나 집에 갈 거야."

뤄 이모의 표정이 굳었다. 징징은 제 엄마 표정에 아랑곳하지 않고 더 시끄럽게 소란을 피웠다.

"나 집에 갈래. 나 집에 갈래."

그때 퉁퉁이 들어오자 징징은 '흥'하며 고개를 홱 돌렸다.

퉁퉁은 징징을 만나 최악의 하루를 보냈다. 징징은 퉁퉁이 방에 들어오자마자 난장판을 만들어 놓더니 침대에 올라앉아 퉁퉁에게 이거 해라, 저거 해라 부려 먹으려 했다. 심지어 "멍청한 돼지 새끼", "미련 곰탱이"라며 욕까지 했다. 지금까지 퉁퉁은 집에서나 학교에서나 특별 대우를 받아 왔다. 선생님 앞에서도 하고 싶은 대로 행동했던 퉁퉁이 징징의 명령을 들을 리 없었다. 징징은 응석받이로 자라 버릇이 없는 데다 성격도 고약했다. 퉁퉁이 자기 말을 듣지 않자 침대를 마구 짓밟고 베개를 방바닥에 집어 던졌다. 화가 난 퉁퉁은 씩씩거리며 침대에 올라가 징징을 밀쳐 냈다. 방바닥에 떨어진 징징은 벌떡 일어나 퉁퉁을 침대 아래로 끌어 내렸다. 두 아이는 결국 한 덩어리로 뒤엉켜 싸우기 시작했다. 마침 아이들을 부르러 왔던 란란이 겨우 둘을 떼어 놓았다.

외할머니가 떼쓰는 징징의 머리를 쓰다듬으며 말했다.

"쪼끄만 녀석이 성깔 한번 대단하구나."

징징은 씩씩거리며 외할머니 손을 뿌리쳤다. 거만한 표정으로 목을 빳빳이 세우고는 다리를 벌려 섰다. 란란은 그런 징징이 싫었다.

"내버려 둬. 우리끼리 먹자."

뤄 이모는 징징을 내버려 두고 식탁 앞에 섰다. 그런데 먹을 만한 음식이 없었다. 할머니의 주름 자글자글한 얼굴과 굵은 뼈마디가 튀어나온 투박한 손을 번갈아 보며 잠시 망설이다 애꿎은 징징을 탓했다.

"징징, 너 정말 안 먹을 거야?"

"안 먹어. 쓰레기야. 나 집에 갈 거야."

뤄 이모는 외할머니와 엄마에게 어색한 미소를 지으며 말했다.

"우리 애가 너무 시끄럽게 굴었지요. 그게……, 아무래도 이만 돌아가야겠어요."

"무슨 소리야? 이렇게 식사 준비 다 해 놨는데."

"아니야. 난 별로 시장하지 않아. 어서들 드세요."

엄마가 붙잡아 봤지만 소용없었다. 뤄 이모는 징징에게 다가가 화풀이하듯 슬쩍 뒤통수를 밀쳤다.

"아야, 왜 때려. 어떤 새끼야!"

징징이 펄쩍 뛰면서 소리쳤다. 머리끝까지 화가 난 뤄 이모는 더 이상 못 참겠는지 징징의 엉덩이를 제대로 때려 줬다. 징징은 일부러 더 고래고래 소리를 질렀다.

"왜 때려, 왜 때려!"

뤄 이모는 징징의 팔을 낚아채 밖으로 끌고 나갔다. 엄마는 거실로 뛰어가 뤄 이모의 핸드백을 들고 쫓아 나갔다. 외할머니는 아무 말도 하지 않았다. 할머니는 계속 앞치마에 손을 비벼 대며 중얼거렸다.

"밥은 먹고 가지. 배고플 텐데……."

퉁퉁은 제 엄마에게 맞는 징징을 보니 아주 고소했다. 란란도 징징이 전혀 불쌍하지 않았다. 잠시 후 뤄 이모를 배웅하고 돌아온 엄마가 한숨을 내쉬며 말했다.

"다들 왜 서 있어요? 얘들아, 어서 밥 먹자."

온 가족이 식탁에 둘러앉았다. 퉁퉁이 찌개에서 닭고기 한 점을 건져 몇 번 씹다가 도로 찌개 그릇에 던져 넣었다. 그 바람에 여기저기 찌개 국물이 튀었다. 퉁퉁은 방금 전 징징처럼 못되게 굴었다.

"맛없어. 나 안 먹어."

엄마가 퉁퉁을 노려보며 말했다.

"퉁퉁, 너도 맞고 싶어!"

퉁퉁은 입을 삐죽이며 먹지는 않고 젓가락으로 반찬을 휘젓기만 했다. 할머니는 또 앞치마에 손을 비비며 어쩔 줄 몰라 했다.

"내 탓이다. 시골 사람들이 워낙 짜게 먹어서……. 그게 잘 안

고쳐지는구나."

그때 외할머니가 닭고기를 건져 한 입에 넣고 퉁퉁에게 보란 듯이 어린애처럼 오물오물 씹으며 말했다.

"이게 맛이 없다고?"

외할머니는 닭고기를 하나 더 집어 먹었다.

"엄청 맛있는데."

란란도 얼른 한 점 집어 먹고 고개를 끄덕였다.

"할머니, 맛있어요."

할머니는 멋쩍은 듯 새하얀 머리카락을 긁적이다가 환하게 웃었다. 그런데 엄마가 생선을 한 점 먹어보더니 이렇게 말했다.

"어머니, 맛술 또 안 넣으셨어요?"

"넣었는데."

"그래요? 그런데 왜 이리 비린내가 나지?"

엄마는 고개를 갸웃하며 한 번 더 맛을 봤다.

"혹시, 너무 적게 넣어서 그런가? 아까워서 많이 넣지 못했는데······."

"맛술 한 근에 얼마나 한다고요."

엄마는 쓸쓸하게 웃으며 생선을 내려놓고 다른 반찬에서 소고기 한 점을 집어 소금을 살짝 찍어 입에 넣었다. 이번에도 쓴 웃음을 지었다.

"간장을 또 많이 넣으셨네요."

"내 탓이다. 내가 도시 음식에 너무 서툴러. 자꾸 시골 음식 하던 습관이 나와서……."

엄마는 다른 반찬도 조금씩 맛을 보고 젓가락을 내려놓은 후, 찌개를 몇 번 떠먹고 숟가락도 내려놓았다.

"음식이 입에 안 맞니? 다시 만들어 오마."

"아니에요. 맛이 없는 게 아니라, 오늘 제가 좀……. 기름진 음식이 잘 안 넘어가네요. 저 신경 쓰지 말고 어서 드세요. 퉁퉁, 너도 어서 먹어."

퉁퉁이 젓가락을 내던지며 소리쳤다.

"안 먹는다니까."

할머니가 주방에 가려고 일어서자 엄마가 할머니를 붙잡았다.

"어머니, 신경 쓰지 마세요."

엄마는 퉁퉁을 향해 돌아서서 눈을 부릅뜨고 호통을 쳤다.

"어디서 반찬 투정이야."

퉁퉁은 전혀 기죽지 않고 오히려 눈을 부라리며 엄마를 쏘아봤다. 마치 '엄마는 어떻고?'라고 말하는 것 같았다. 엄마는 더 이상 퉁퉁을 혼낼 수 없었다.

"음식 다 식겠어요. 어서들 드세요."

엄마는 할머니를 의자에 앉혀 드렸다. 할머니는 죄지은 사람처럼 잔뜩 몸을 움츠리고 밥그릇을 들며 말했다.

"한평생 밥을 얼마나 많이 했는데, 어떻게 이렇게 맛을 못 내는지."

외할머니가 할머니 밥그릇에 반찬을 올려 주며 위로했다.

"형님, 형님 솜씨 충분히 훌륭해요. 난 형님 발꿈치도 못 따라가지만 앞으로 시간 날 때마다 종종 거들게요."

란란은 반찬을 한 움큼 집어 입에 넣었다. 아주 맛난 음식을 먹을 때처럼 신나게 고개를 흔들었다. 하지만 코끝에 살짝 땀이 맺혔다. 할머니는 물끄러미 란란을 바라봤다. 란란은 잠시 젓가락질을 멈추고 할머니를 향해 눈을 찡긋해 보였다. 그러자 할머니는 퍼뜩 옛일을 떠올렸다.

"이런 못된 가시나. 그러니까 예전에 나물죽 먹던 모습이 생각나네."

할머니는 외할머니에게 이야기를 풀어 놓았다.

"요 가시나가 하루는 오후 수업을 마치고 집에 오는데, 저 골목 밖에서부터 배고파 죽겠다고 소리를 지르지 않겠어요! 그래서 일단 나물죽을 단지채 내놓고 다시 부엌에 가서 밑반찬을 가져왔는데, 글쎄 얘가 죽 단지를 껴안고 그 많은 나물죽을 순식간에 다 먹어치웠지 뭐예요. 탈이 나지 않을까 얼마나 걱정했는지 몰라요.”

“그때 할머니가 제발 단지는 먹지 말라고 하셨죠. 헤헤.”

엄마는 자기도 모르게 따라 웃다가 갑자기 마음이 아려 왔다. 지난 10년 동안, 얼마나 고생이 많았을까! 그때 할머니가 있어서 얼마나 다행인지 몰랐다.

외할머니가 젓가락으로 반찬들을 가리키며 말했다.

“란란, 나물죽 먹던 힘으로, 자, 먹자.”

란란은 고개를 끄덕인 후, 먼저 할머니 밥그릇에 반찬을 올려주고 제 입에 밥을 한가득 넣고 오물거렸다. 밥을 먹으면서 몇 번이나 할머니를 바라보며 행복한 표정을 지었고, 엄마와 퉁퉁에게도 미소를 보였다. 갑자기 장난기가 발동한 란란은 부끄러운 표정으로 허리띠를 풀었다. 할머니가 웃으며 젓가락으로 란란의 머리를 톡톡 두드렸다.

“요런, 못된 가시나.”

식사가 끝나고 란란이 밥그릇을 정리하려 하자 엄마가 나섰다.

“란란, 퉁퉁이 데리고 가서 먼저 씻으렴. 씻고 숙제해야지.”

다시 할머니가 나섰다.

"비켜라. 내가 치워야지."

이번에는 외할머니가 팔을 걷어붙였다.

"아니에요. 종일 집안일로 고생이 많으셨을 텐데, 좀 쉬세요. 제가 치울게요."

"밖에서 일하고 온 사람한테 집안일까지 시키면 안 되죠."

"왜 안 돼요?"

엄마와 할머니가 실랑이 하는 사이, 외할머니는 벌써 앞치마를 둘렀다. 외할머니는 쌓아 올린 그릇을 들고 식당의 주방장처럼 "나가요."를 외치며 주방으로 들어갔다. 엄마가 까르르 웃으며 외할머니를 뒤쫓아 갔다.

"엄마, 종일 피곤하셨을 텐데 쉬세요. 제가 한다니까요."

엄마는 결국 외할머니를 주방에서 쫓아냈다. 그때 줄곧 베란다에 웅크리고 있던 꽁지가 야옹야옹 울어 댔다. 그 소리를 가장 먼저 알아들은 사람은 외할머니였다.

"아이고, 우리 고양이 선생, 밥을 아직 안 줬네."

남은 음식을 가져온 엄마는 꽁지를 힐끗 쳐다보고 그릇을 베란다에 내려놓았다. 꽁지는 뒷걸음치더니 눈을 동그랗게 뜨고 엄마를 쳐다볼 뿐, 먹지 않았다. 이때 란란이 와서 다정하게 꽁지 머리털을 쓰다듬어 줬다.

"배 안 고파? 어서 먹어."

꽁지는 란란의 손등을 몇 번 핥고 순순히 밥그릇 앞으로 달려가 허겁지겁 먹기 시작했다.

"란란아, 고양이는 공동 마당 애들한테 주는 게 어떠니?"

란란은 엄마가 묻는 말에 대답하지 않았다.

그때 할머니가 다가왔다.

"여름 방학 때 펑린두에 가면 다오후한테 갖다 주렴."

란란은 말없이 꽁지를 품에 안고 일어나 뒷마당으로 나갔다. 달빛 아래 서서 꽁지의 부드러운 털을 쓰다듬고 또 쓰다듬었다.

7

사흘 후, 퉁퉁은 새 학교로 전학했다. 시 위원회 부속 소학교 4학년 학급은 정원이 꽉 차서 란란은 전학하지 못했다. 하지만 란란은 시장의 손녀였다. 학교 측은 조금만 기다려 달라고 양해를 구하며 최대한 빨리 자리를 만들겠다고 약속했다.

시 위원회 부속 소학교는 집에서 멀었다. 엄마는 리씨 아저씨에게 퉁퉁을 학교까지 데려다 주라고 부탁했다. 외할머니가 출장에서 돌아온 후에도 외할머니 출근길에 퉁퉁을 같이 보낼 생각이었다. 모든 것이 순조로운 거 같았는데, 퉁퉁이 전학 첫날부터 울면서 집에 돌아왔다. 새 학교에는 거만하게 잘난 척하며 남을 무시하는 아이들이 많았다. 아이들은 퉁퉁이 공동 마당 쪽에 산다는 것을 알고 비웃으며 놀렸다.

"야, 시궁창 하수구."

몇몇 아이들은 퉁퉁 옆에 모여서는 일부러 크게 떠들었다.

"쟤 아빠는 청소부가 확실해."

"아니야, 꽈배기 장수야."

"아니라니까. 페인트공이야."

퉁퉁은 화를 내며 버럭 소리쳤다.

"우리 외할머니는 시장이야."

이제 겨우 소학교 문턱을 넘은 1학년 아이들은 아직 유치원생 티를 벗지 못해 아는 것도 없고 철딱서니도 없었다. 야구 모자를 쓴 남자애가 눈을 동그랗게 뜨며 되물었다.

"사장?"

"시장이라고."

시장, 시장이란 게 도대체 얼마나 대단한 건지 아이들은 잠시 당황한 눈빛을 주고받았다. 그때 머리를 땋은 여자애가 얼굴이 빨개지도록 힘껏 소리쳤다.

"우리 아빠는 과장이야."

"우리 엄마는 처장이야."

"우리 할아버지는 국장이야."

"우리 할머니는 관장이야."

"우리 아빠가 더 높아."

"우리 엄마가 더 높아."

"아냐, 우리 할머니보다 높은 사람은 없어."

"우리 할아버지가 제일 높아."

아이들은 당장이라도 달려들 기세로 서로 지지 않으려 한껏 목소리를 높였다. 그러나 '시장이 제일 낮고 별 볼 일 없다.'는 점에 대해서는 모두 같은 생각이었다. 퉁퉁의 편은 아무도 없었다. 혼자서는 반 전체 아이들을 이길 수 없었다. 더구나 퉁퉁 자신도 시장이 얼마나 높은 사람인지 잘 몰랐다. 친구들의 놀림과 괴롭힘이 이어지자 퉁퉁은 입술을 부르르 떨다가 결국 울음을 터뜨렸다.

집에 돌아와서도 퉁퉁은 분이 가라앉지 않았다. 엄마는 퉁퉁의 하소연을 듣고는 손가락으로 들창코를 콕콕 찌르며 웃었다.

"어이구, 바보. 과장, 처장, 국장 전부 다 외할머니 아래에 있는 사람들이야.”

엄마는 퉁퉁이 무시당하지 않도록 다시 한 번 똑똑히 알려 줬다.

“외할머니는 시장이고, 우리가 살고 있는 이곳에서 시장보다 높은 사람은 없어. 알겠니?”

그제야 퉁퉁은 콧물을 들이마시고 통통한 손바닥으로 눈물을 닦아 냈다.

“퉁퉁아.”

엄마는 퉁퉁에게 해 줄 말이 하나 더 생각났다.

“하지만 높은 사람, 낮은 사람을 따지는 건 나쁜 거야, 알았지? 사람은 누구나 평등한 거야.”

다음 날, 퉁퉁은 교실에 들어서자마자 큰 소리로 외쳤다.

“우리 외할머니가 제일 높아.”

며칠 전 만났던 징징이 가장 먼저 반격해 왔다. 곧이어 아이들이 우르르 몰려와 소리쳤다.

“시장이 제일 낮아.”

퉁퉁은 지지 않고 맞섰다.

“우리 엄마가 시장이 제일 높은 거랬어.”

“푸하하⋯⋯.”

한 아이가 큰 소리로 비웃었다.

"네 엄마가 그랬다고? 네 엄마가 뭔데?"

"맞아. 네 엄마 말은 무효야."

퉁퉁의 목소리는 아이들의 고함에 묻혀 버렸다. 그때 마침 미술 담당 여선생이 1학년 교실 앞을 지나갔다. 퉁퉁은 여선생에게 달려가 더듬더듬 질문했다.

"선생님, 그게요……. 과장이 높아요, 국장이 높아요, 관장이 높아요, 시장이 높아요?"

여선생은 아이들 사이에 무슨 일이 있었는지 몰랐기 때문에 생각할 것도 없이 아주 명쾌하게 대답했다.

"바보니? 당연히 시장이 높지."

순간 교실 안은 쥐 죽은 듯 조용해졌다. 퉁퉁은 보란 듯이 고개를 높이 쳐들었다. 그렇지 않아도 쳐들린 들창코가 하늘로 날아오를 것 같았다. 이날 이후 아무도 퉁퉁을 무시하지 못했다. 아이들의 눈빛이 부러움을 넘어 알랑거림으로 바뀌자 원래 거만했던 퉁퉁은 콧대가 더 높아졌다.

거만함은 집에서도 그대로 이어졌다. 란란은 그런 퉁퉁이 점점 못마땅했다. 퉁퉁은 툭하면 란란과 할머니를 부려먹으려 했다. 란란은 무시했지만 할머니는 쩔쩔매며 퉁퉁이 시키는 대로 했다. 더욱 이해할 수 없는 것은 엄마가 그런 퉁퉁을 그냥 내버려 둔다는 사실이었다.

'말도 안 돼. 어떻게 할머니한테 그럴 수 있어?'

이즈음 엄마는 뤄 이모의 조언대로 란란에게 최선을 다해 '엄마 노릇' 하느라 정신이 없었다. 란란은 지난 10년 간 고삐 풀린 망아지처럼 들판을 뛰어다녔는데, 지금 엄마는 란란을 정숙하고 우아한 요조숙녀로 만들려 했다. 일단 피아노 교습을 시작했고 틈만 나면 란란에게 요조숙녀의 기본 소양을 가르쳤다. 란란은 천성이 착한 아이였다. 피아노 교습은 지루하고 재미없었지만 엄마의 뜻에 따르느라 꾹 참고 앉아 피아노를 쳤다. 란란이 착하게 말을 잘 들으니 엄마는 기분이 좋았다.

출장을 갔던 외할머니가 돌아왔다. 오랜만에 온 가족이 모여 즐겁게 저녁을 먹었다. 식사가 끝난 후, 늘 그랬던 것처럼 할머니가 따뜻한 물을 받아와 퉁퉁의 발을 씻겨 줬다. 소파에 벌러덩 누워 있던 퉁퉁은 눈을 감은 채 발가락을 까딱이며 명령조로 말했다.

"할머니, 빨리 수건으로 닦아야지."

"오냐, 그래. 간다."

할머니는 마른 수건을 들고 얼른 퉁퉁에게 달려갔다. 그 모습을 보고 외할머니가 기어코 한마디 했다.

"퉁퉁, 너는 손이 없니?"

퉁퉁은 입을 삐죽이며 속으로 구시렁거렸다.

'흥, 징징은 어른들이 옷도 입혀 준다고 했는데 뭘.'

그때 할머니가 퉁퉁의 앞에 쪼그리고 앉았다.

"자, 할미가 닦아 줄게. 그럼 닦아 줘야지……. 자, 됐다. 이번엔 저쪽 발……."

"형님, 그러면 애들 버릇 나빠져요."

할머니는 계속 퉁퉁의 발을 닦아 주며 대꾸했다.

"퉁퉁은 아직 어리잖아요."

외할머니는 할머니 방식이 탐탁지 않았지만 뭐라고 할 수 없어, 대신 퉁퉁에게 발 씻은 물을 직접 치우라고 했다. 울며 겨자 먹기로 대야를 들어 올린 퉁퉁은 일부러 대야를 마구 흔들면서 걸었다. 퉁퉁이 지나간 자리는 온통 물바다가 됐다. 외할머니는 그런 퉁퉁을 보며 혼잣말을 했다.

"처음 이 집에 왔을 때는 분명 저렇지 않았는데……."

다음 날 아침, 외할머니는 출근길에 퉁퉁을 학교에 데려다주라는 엄마의 부탁을 받고서야 퉁퉁이 전학했다는 사실을 알았다. 순간 표정이 굳었지만 시 위원회 회의에 참석하려면 서둘러 출발해야 했기 때문에 자초지종을 따지는 일은 뒤로 미뤘다.

외할머니는 학교에서 멀리 떨어진 곳에 퉁퉁을 내려 주며 이렇게 말했다.

"가서 선생님께 내일부터 이 학교에 오지 않는다고 말하렴."

'어떤 학교에 다니든 무슨 상관이야?'

퉁퉁이 속으로 생각했다. 퉁퉁은 뒤도 돌아보지 않고 깡충깡충 뛰어가 버렸다.

수업이 끝날 무렵, 외할머니가 학교에 찾아와 직접 퉁퉁의 전학 수속을 마쳤다. 교문을 나서자 바로 외할머니 자동차가 보였다. 퉁퉁이 차에 타려는 순간, 외할머니가 기사 아저씨에게 이렇게 말했다.

"먼저 가시게. 나는 손자 녀석이랑 버스를 타고 가겠네."

기사 아저씨가 당황해서 멀거니 외할머니를 쳐다봤다. 외할머니는 기사 아저씨에게 가라고 손짓한 후, 퉁퉁의 손을 잡고 버스 정류장으로 향했다.

그날 저녁, 엄마와 외할머니가 말다툼을 벌였다.

"왜 그러셨어요? 기어코 다시 전학시킬 건 뭐예요!"

"집에서 너무 멀어."

"가까우면요, 가까우면 다 좋은 거예요? 그 학교 애들이 어떤 집 애들인지 알기나 하세요?"

그 순간 외할머니는 크게 화를 냈다.

"어떤 집 애들? 그래, 한번 말해 봐라."

엄마는 표현이 지나쳤다는 생각에 잠시 움찔했지만 그래도 외할머니 방식을 인정할 수 없었다.

"시 위원회 부속 소학교는 왜 안 되는데요?"

"안 될 건 없다. 다 나라에서 운영하는 학교니까. 다만, 집에서 다니기 너무 멀고 앞으로 내 차로 애들을 등교시키는 일은 없을 게다. 멀어서 다니기도 힘든 학교를 왜 그렇게 고집하는 거니?"

엄마와 달리 외할머니는 차분하고 냉정했다. 엄마는 외할머니를 반대할 다른 이유를 찾지 못했다. 더구나 이미 전학 수속을 해 버렸으니 더 말해 봐야 소용없는 일이었다. 엄마는 혼자 몇 마디 구시렁거리다가 자기 방으로 들어가 버렸다.

한편, 퉁퉁은 집에 돌아오자마자 공동 마당으로 달려 나갔다. 퉁퉁은 애초에 전학을 간 것도, 며칠 만에 다시 돌아온 것도 아무 상관없었다. 그저 마오마오와 다른 친구들에게 새로운 소식을 전하느라 바빴다.

"내가 돌아왔다!"

8

통통이 란란과 다시 함께 등교한 지 사흘째 되던 날, 마오마오와 크게 싸웠다. 마오마오의 새끼거북 때문이었다.

새끼거북은 하수도 수리공인 마오마오 아버지가 아들을 위해 장에서 사 온 특별 선물이었다. 마오마오는 새끼거북을 자식처럼 소중하게 다뤘다. 새끼거북은 뭐가 그렇게 부끄러운지 사람들 앞에서 좀처럼 머리를 내밀지 않았다. 하지만 마오마오 말은 아주 잘 들었다. 마오마오가 손뼉을 한 번 치면, 금방 머리를 내밀고 느릿느릿 기었고 휘파람을 불면 즉시 멈추고 고개를 등딱지 속으로 쏙 넣었다. 통통도 온순하고 고분고분한 새끼거북을 아주 좋아했다.

마오마오는 칠칠치 못해서 가끔 책가방 없이 등교하곤 했다. 한번은 엄마가 간장을 사 오라고 심부름을 시켰는데 새끼거북을 가지고 장난치며 걷다가 심부름하고 있다는 사실을 새까맣게 잊었다. 간장을 길바닥에 버려두고 골목에서 만난 친구들과 신나게 놀다가 집에 돌아간 마오마오는 엄마한테 호되게 매를 맞았다. 또 워낙 잠이 많아서 매일 아침 엄마한테 엉덩이를 얻어

맞고서야 끙끙거리며 겨우 일어났다. 그러고도 수업 시간에 툭 하면 졸다가 혼이 났다. 그래서 선생님은 마오마오를 맨 앞자리에 앉히고 마오마오가 졸기 시작하면 지시봉으로 책상을 두드려 깨웠다. 그럴 때마다 마오마오는 깜짝 놀라 벌떡 일어나서 웃음거리가 되곤 했다.

둘이 싸우던 날, 마오마오는 문턱에 걸터앉아 퉁퉁이 새끼거북을 가지고 노는 모습을 지켜보고 있었다. 졸린 눈꺼풀이 점점 내려앉았다. 잠깐 졸다가 눈을 떠 보니 퉁퉁이 보이지 않았다. 마오마오는 얼른 일어나 다급하게 소리쳤다.

"퉁퉁아."

퉁퉁은 어디로 가 버린 걸까? 퉁퉁은 아무리 해도 새끼거북이 머리를 내밀지 않자 못된 생각을 행동에 옮겼다. 새끼거북 등딱지에 노끈을 묶고 일부러 하수구 도랑에 빠뜨렸다. 새끼거북은 악취가 코를 찌르자 숨이 막혀 어쩔 수 없이 작은 머리를 내밀고 온 힘을 다해 기어오르기 시작했다. 퉁퉁은 그 모습을 보고 손뼉까지 치며 재밌어 했다. 그 모습을 보려고 새끼거북을 몇 번이나 하수구에 빠뜨렸다.

잠시 후 퉁퉁을 찾아낸 마오마오는 더러운 진흙으로 뒤범벅되어 완두콩처럼 작은 두 눈과 콧구멍밖에 보이지 않는 새끼거북을 보고 머리끝까지 화가 치밀었다.

"누가 내 거북을 하수구에 쳐 넣으래."

깜짝 놀란 퉁퉁은 슬며시 쥐고 있던 노끈을 바닥에 내려놓았다.

"쳇, 가져가."

"거기 서. 이 거북이 당장 깨끗이 씻어 와."

마오마오는 땅바닥에 배를 깔고 축 늘어져 꼼짝도 하지 않는 새끼거북을 가리키며 소리쳤다. 물론 퉁퉁은 아랑곳하지 않았다.

"당장 깨끗이 씻어 놔. 이렇게 더러운 건 내 게 아니야."

마오마오가 퉁퉁에게 엄포를 놨다.

"갖기 싫으면 말던가."

퉁퉁은 휙 돌아서 가 버리려 했다. 마오마오 따위는 전혀 안중에도 없었다. 그동안 퉁퉁은 자신을 부러워하는 반 아이들을 자기 마음대로 부려 왔다. 퉁퉁의 성질이 날이 갈수록 고약해지자 퉁퉁을 무서워하는 아이들도 많아졌다. 퉁퉁은 제 말을 듣지 않는 아이가 있으면 그 애만 쏙 빼 놓고 나머지 아이들에게 초콜릿을 나눠 줬다. 초콜릿을 받지 못한 아이는 한쪽 구석에서 군침만 흘리며 다른 아이들이 먹는 모습을 지켜봐야 했다. 또 제 기분이 안 좋으면 얼마 전에 선심 쓰듯 필통을 줬던 친구에게 필통을 다시 내놓으라고 윽박지르기도 했다. 돌려주지 않으면 퉁퉁은 그 친구 책가방을 빼앗아 안에 있는 것들을 전부 교실 바닥에 쏟아 버렸다. 친구가 창피해 어쩔 줄 몰라 하는 사이에 자기가 준 필통을 쏙 가져갔다.

물론 퉁퉁에게 고분고분하지 않은 아이들도 있었다. 그래서 가끔 말싸움이나 몸싸움이 벌어지곤 했다. 그런데 선생님들은 너무 티나게 퉁퉁의 편을 들었다. 대부분 퉁퉁의 잘못이 분명한데도 상대 친구만 혼냈다. 아이들은 선생님들의 행동을 이해할 수 없자 이러쿵저러쿵 말이 많았다.

"뭐야, 퉁퉁이 시장이 아니잖아. 아니, 시장이라고 해도 그게 무슨 상관인데."

"외할머니가 시장이면 그게 뭐가 대단하다는 거야!"

마오마오는 그런 아이들 중 하나였다. 퉁퉁을 전혀 무서워하지 않았다. 마오마오는 번번이 대놓고 자신을 괴롭히는 퉁퉁을 용서할 수 없었다. 이를 악물며 결심을 굳힌 마오마오는 퉁퉁에게 휙 달려들어 팔을 낚아챘다. 퉁퉁은 마오마오의 손을 뿌리치고 입을 삐죽이며 이죽거렸다.

"난 내 발도 할머니가 씻겨 주는데 나보고 네 더러운 거북을 씻으라고? 흥!"

퉁퉁은 고개를 빳빳이 쳐들고 돌아섰다. 거친 숨을 몰아쉬는 마오마오의 가슴이 빠르게 오르내렸다. 마오마오는 씩씩거리며 퉁퉁의 뒷모습을 노려보다가 퉁퉁에게 달려들어 단숨에 넘어뜨렸다. 깜짝 놀란 퉁퉁이 벌떡 일어나 마오마오의 멱살을 쥐어 잡고 뒤엉켜 싸웠다. 곧이어 마오마오의 안경이 날아갔다. 이번엔 마오마오가 다급해졌다. 마오마오는 다리를 걸어 퉁퉁을 자빠뜨렸다. 꽤 세게 넘어져 많이 아팠다. 퉁퉁은 입술이 부르르 떨리고 눈물이 나오려고 했다. 하지만 이를 악물고 참았다.

'절대 저 자식 앞에서 눈물을 흘릴 수 없어.'

퉁퉁은 다시 일어나 자신 있게 가슴을 내밀었다.

"흥, 네가 가진 게 저 더러운 거북밖에 더 있어? 뭐가 잘났다고……."

"너는 없잖아."

"우리 집엔 텔레비전이 있지. 그것도 아주 큰 컬러텔레비전이야. 너희 집엔 없지? 우리 집에는 전화기도 있고, 자동차도 있어. 너희 집엔 없지? 우리 외할머니한테 말하면 거북이 따위 수백 마리도 더 살 수 있어. 네 것보다 훨씬 크고 멋진 걸로."

퉁퉁의 말투는 점점 거만해졌다. 마오마오는 대꾸할 말이 없어 조용히 안경을 주워 들고 돌아섰다. 그러자 퉁퉁은 더 기가 살아 수탉처럼 고개를 빼 들고 소리쳤다.

"너희 집에 있어, 없어?"

마오마오가 갑자기 휙 돌아섰다.

"너, 앞으로 우리 동네에 오지 마."

"절대 안 가. 더럽고 냄새나는 공동 마당."

마오마오는 퉁퉁에게 다가가 무섭게 노려봤다. 퉁퉁은 앞으로 한 걸음 나가 무시하는 말투로 비아냥거렸다.

"너희 아빠가 냄새나는 하수구 청소부라며?"

퉁퉁은 코를 틀어막는 시늉까지 해 보였다. 마오마오는 누구든 아빠를 비웃는 것만은 참을 수 없었다. 주먹 쥔 양손을 부르르 떨며 퉁퉁에게 다가갔다. 마오마오의 눈빛이 무섭긴 했지만, 퉁퉁도 지지 않으려 계속 입을 놀려 댔다.

"냄새나는 하수구 청소부."

마오마오가 순식간에 달려들어 퉁퉁의 가슴을 향해 주먹을 내질렀다. 퉁퉁은 뒤로 몇 걸음 밀려나다가 세게 엉덩방아를 찧으며 넘어졌다. 그러나 이내 이를 악물고 몸을 일으키곤 벽돌을 집어 던졌다. 마오마오가 슬쩍 옆으로 피하자 벽돌은 도랑으로 굴러떨어졌다. 퉁퉁이 다시 벽돌을 주우려고 하자 마오마오가 달려들어 힘껏 퉁퉁의 팔을 비틀었다.

"마오마오."

갑자기 나타난 커다란 손이 마오마오의 팔뚝을 움켜쥐었다. 마오마오의 아빠였다. 마오마오 아빠는 키가 아주 크고, 피부는 까무잡잡했고, 가슴과 어깨가 넓고 튼튼해 보였다. 아이들 사이에 있으니 철탑이 서 있는 것 같았다. 마오마오 아빠는 마오마오를 한쪽에 세워 놓고 퉁퉁에게 달려가 옷에 묻은 흙을 털어 줬다. 퉁퉁이 억울한 듯 소리쳤다.

"저 자식이 날 때렸어요."

마오마오 아빠는 크고 두꺼운 손바닥을 치켜들더니 마오마오 엉덩이를 철썩철썩 때렸다. 그리고 마오마오를 바닥에 꿇어앉게 했다.

"너, 왜 친구를 때렸니?"

마오마오는 꿇어앉은 채 울음을 터뜨렸다. 퉁퉁은 마오마오가 전혀 가엾지 않았다. 가슴팍이 아직도 얼얼했다.

어느새 달려온 란란은 주위에 모여 있는 아이들에게 어떻게 된 일인지 묻고 나서 얼른 마오마오를 일으켜 세웠다. 사리분별이 밝은 란란은 마오마오 아빠에게 사정을 설명했다.

"아저씨, 제 동생이 잘못한 거예요."

마오마오 아빠는 말없이 란란의 머리를 쓰다듬었다. 란란은 거북을 찾아 물에 깨끗이 씻기고 나서 마오마오에게 돌려줬다.

그리고 손수건을 꺼내 마오마오 얼굴과 손에 묻은 진흙을 닦아 줬다. 이때 마오마오 아빠가 란란에게 조용히 속삭였다.

"란란아, 집에 가서 외할머니에게 이 일은 말씀드리지 마라. 알겠지?"

란란은 큰 눈을 끔뻑이며 '왜요?'하는 눈빛을 보냈지만, 이내 고개를 끄덕였다. 하지만 란란은 집에 돌아와 퉁퉁이 마오마오 와 싸운 일을 외할머니에게 전했다. 외할머니는 아저씨가 어른 들에게 알리지 말라고 당부했다는 말에 한동안 소파에 앉아 생 각에 잠겼다. 잠시 후 외할머니가 벌떡 일어나며 말했다.

"란란아, 퉁퉁을 불러와라."

란란은 눈을 동그랗게 떴다.

"내가 데리고 가서 공동 마당 사람들에게 사과해야지."

란란은 여전히 큰 눈만 깜빡였다.

"어서."

란란은 얼른 퉁퉁을 부르러 갔다. 하지만 문 앞에서 외할머니 말을 엿들은 퉁퉁은 벌써 몰래 도망가고 없었다. 란란이 퉁퉁을 찾지 못하고 돌아왔다.

"란란, 일단 네가 안내해 줘야겠다."

그때 엄마가 돌아왔고 이야기를 전해 듣고는 못마땅했다.

"꼭 그렇게까지 해야 해요?"

"그럴 필요가 없다고 생각하니? 이건 분명히 퉁퉁이 잘못한 일이야. 잘못했으면 당연히 사과를 해야지."

"그럼…… 애들 할머니에게 가라고 하세요."

외할머니가 화난 표정으로 엄마를 쏘아보며 말했다.

"내가 가야겠다."

엄마도 고개를 흔들었다.

"엄마, 사회적 지위는 전혀 생각 안 하세요?"

"지위, 무슨 지위 말이냐? 내 지위가 그 사람들보다 고귀하기라도 하다는 거냐. 내가 시장이라서!"

엄마는 소파에 주저앉더니 한쪽으로 고개를 돌렸다.

"가자."

외할머니는 란란을 데리고 부득부득 대문을 나섰다. 퉁퉁은 외할머니가 공동 마당에 다녀온 것을 확인하고 몰래 제 방으로 들어가려다 외할머니에게 들켰다.

"퉁퉁."

퉁퉁은 제자리에 멈춰 섰다.

"내 방으로 오너라."

퉁퉁이 뭉그적거리자 외할머니가 다시 소리쳤다.

"어서."

외할머니는 문 앞에 기다리고 있다가 퉁퉁의 뒤통수를 밀며 같이 방 안으로 들어갔다.

"왜 마오마오를 괴롭혔니?"

퉁퉁이 고개를 삐딱하게 기울이며 딴청을 피웠다.

"고개 똑바로 들어라."

퉁퉁은 마지못해 고개를 똑바로 들었다. 외할머니 방 앞에서 한참 서성거리던 엄마가 더는 참지 못하고 방 안으로 들어갔다. 이때 퉁퉁은 외할머니에게 호되게 꾸중을 들으며 눈물을 흘리고 있었다. 퉁퉁은 엄마를 보자마자 세상에서 가장 가엾은 아이처럼 엉엉 울기 시작했다.

"이제 그만하세요."

엄마도 감정이 폭발해 눈물을 흘리며 외할머니에게 소리쳤다.

"이 애가 얼마나 힘들었는지 모르세요? 사방이 온통 눈밭인데서 태어나자마자 보름 만에 아빠를 잃었어요. 그 후에 제가 어떻게 얘를 키웠는지 아세요? 전 정말 퉁퉁을 키우지 못할 줄 알았어요. 그런 아이한테 왜 자꾸 그러세요."

그때를 생각하면 외할머니도 마음이 아팠다. 그래도 이대로 물러설 수 없다는 마음에 호되게 꾸짖었다.

"그래. 그렇게 어렵게 지킨 아이니 앞으로도 잘 가르치고 키워야 한다. 퉁퉁은 아직 어려서 모른다 치자. 하지만 너는 알아야지."

"내 아이를 어떻게 키워야 하는지는 제가 더 잘 알아요."

엄마가 퉁퉁을 데리고 나가 버렸다.

외할머니는 한평생 힘든 일을 많이 겪은 터라 다시 괴롭고 슬픈 일이 생기는 것을 원치 않았다. 외할머니는 길게 한숨을 내쉬며 무너지듯 소파에 주저앉았다. 커다란 소파에 파묻히니 그렇지 않아도 왜소한 몸집이 더욱 작아 보였다.

창틀 위에 웅크리고 앉은 꽁지는 그 마음을 이해한다는 듯이 눈알을 또르르 굴리며 한참 동안 외할머니를 바라봤다.

9

다음 날, 엄마는 란란과 퉁퉁이 공동 마당에 놀러 가는 것을 금지시켰다. 란란은 엄마를 화나게 하고 싶지 않았다. 엄마를 이해할 수는 없었지만 가지 말라고 하니 순순히 따랐다.

집에서 할머니와 같이 지내는 것도 나쁘지 않았지만 며칠 동안 집에서만 지냈더니 답답했다. 도시에 온 이후에는 얌전한 숙녀가 됐지만 지난 10년 동안 하루도 빠짐없이 펑 강가에서 뛰놀며 자란 란란이었다. 그때는 드넓은 세상을 마음껏 뛰어다니며 신나게 놀았다. 매일 다오후와 뛰놀던 강가와 들판에는 아이들에게 재밌거리들이 넘쳐났다. 새, 나비, 메뚜기, 꿩, 토끼, 고슴도치 그리고 온갖 종류의 물고기까지 잠시도 심심할 틈이 없었다. 그러나 지금 란란은 높은 담장 안에 갇혀 버렸다. 하루하루 지날수록 담장이 높아지는 것 같았다. 이 세상에 이렇게 높은 담장이 또 있을까.

철없는 퉁퉁은 매일 공동 마당에 놀러 가려다가 할머니와 란란에게 붙잡히곤 했다. 두 사람은 엄마 뜻에 따라 퉁퉁이 몰래 빠져나가지 못하도록 잘 살폈다. 퉁퉁은 밖에 나가지 못하니 집 안에서 온갖 난리를 피웠다. 할머니에게 계속 주전부리를 내놓으라고 생떼를 부리거나, 시도 때도 없이 냉장고 문을 여닫고 아이스바 예닐곱 개를 한 번에 먹어 치웠다. 장난감 총을 휘두르다가 탁자 위에 놓인 물 컵과 천장에 달린 전등을 깨뜨리기도 했다. 또 마당에 뛰어나가 호스를 들고 마당을 온통 물바다로 만들었다. 퉁퉁은 성난 새끼 짐승 같았다. 계속 가둬 두면 곧 담장을 기어오를 기세였다.

이렇게 일주일이 지난 어느 날, 누군가 대문을 두드렸다. 란란이 뛰어나가 문을 여는 순간, 문 앞에 서 있던 아이들이 일제히 뒷걸음질쳤다. 맨 앞에 서 있는 아이는 샤오위였다. 그 뒤로 위안위안, 마오마오, 량량 등 낯익은 얼굴이 보였다. 샤오위가 한 발 앞으로 나섰다.

"란란, 네가 한참 동안 우리 동네에 놀러 오지 않아서……."

잠시 고민하던 란란의 눈빛이 반짝이더니 뒤돌아 외쳤다.

"퉁퉁아."

"왜?"

퉁퉁이 퉁명스럽게 대답했다.

"너, 공동 마당에 놀러 가고 싶지? 난 피아노 치기 싫은데."

퉁퉁도 당연히 가고 싶었다. 하지만 막 뛰어나가려던 퉁퉁은 새끼거북을 들고 있는 마오마오를 보자마자 고개를 휙 돌려 버렸다.

"난 안 가."

"가기 싫으면 말고."

란란은 대문을 나서며 기다리던 아이들에게 말했다.

"가자."

마침 장을 보고 돌아온 할머니가 동네 아이들과 뛰어가는 란란을 발견하고 다급하게 외쳤다.

"란란, 엄마가 가지 말라고 했잖니."

란란이 걸음을 멈추고 힘없이 고개를 숙였다.

할머니는 안타까운 마음에 한숨을 쉬며 말했다.

"그럼, 조금만 놀다 오렴. 일찍 들어와야 한다."

하지만 란란은 머리끄덩이를 깨물며 고개를 내젓고는 돌아서서 집으로 돌아갔다. 공동 마당 아이들은 아쉬운 표정으로 란란의 뒷모습을 지켜봤다. 할머니는 잠시 고민하다가 아이들을 향해 말했다.

"아니면, 너희들이 우리 집에서 놀지 않으련?"

아이들은 서로 얼굴만 쳐다볼 뿐 섣불리 움직이지 못했다.

그때 란란이 문가에서 소리쳤다.

"얘들아, 들어와."

아이들은 서로의 등 뒤에 몸을 숨긴 채 고개만 빠끔 내놓고 기웃거렸다. 할머니가 다시 아이들을 보며 손짓했다.

"어서 들어오렴."

아이들은 슬금슬금 대문 쪽으로 움직였다. 샤오위가 가장 먼저 대문을 넘었고, 그 뒤로 아이들이 "와!" 소리를 지르며 란란네 집으로 들어갔다. 할머니는 빙그레 웃으며 아이들이 란란을 에워싸는 모습을 지켜봤다. 하지만 문고리를 잡고 대문을 닫으려다 자기도 모르게 멈칫했다. 한참 주저하고 망설이다가 겨우 문을 닫아걸었다. 할머니는 눈 옆으로 흘러내린 하얀 머리카락을 귀 뒤로 쓸어 넘기며 속으로 중얼거렸다.

"란란 엄마가 돌아와서 알면 화낼지도 모르는데……."

아이들은 말똥말똥한 눈망울로 넋을 놓고 집 안을 둘러보았다. 높은 담벼락과 대문이 굳게 잠긴 란란의 집은 아이들에게 신비로운 집이었다. 이 집과 아이들이 사는 공동 마당 사이에는 담장 하나가 있을 뿐이지만 전혀 다른 세상처럼 멀게 느껴졌다. 평소 공동 마당과 거리를 누비며 신나게 뛰어놀고 재잘거리던 아이들은 이 집에 들어서는 순간 모든 것이 낯설고 당황스러웠다.

란란이 먼저 신발을 벗고 거실로 들어갔다. 아이들은 잠시 머뭇거리다가 란란을 따라 신발을 벗고 안으로 들어갔다. 공동 마당 아이들은 집 안에서도 신발을 신고 지냈기 때문에 신발을 벗는 것이 영 어색했다. 마오마오는 조금 전에 축구를 하고 양말을 벗어 버려 맨발이었다. 다른 아이들은 모두 양말을 신고 있는데 저 혼자 더러운 발을 내놓고 있으려니 부끄러웠다. 눈치를 보며 슬쩍 왼발을 들어 오른발을 덮었지만 왼발은 어쩔 수가 없었다. 그래서 다시 오른발로 왼발을 덮었다. 이번에는 오른발이 문제였다. 샤오위는 신발을 벗으니 그렇지 않아도 긴 팔이 더 길어 보이는 것 같아 두 팔을 등 뒤로 최대한 감췄다. 감춰진 만큼 팔이 짧아 보이길 바라면서 말이다.

이때 할머니 방에서 꽁지가 튀어나왔다. 늘 실내에만 있어 무료했던 꽁지는 갑자기 많은 아이들이 나타나자 흥분했는지 느닷없이 창틀로 뛰어올랐다가 다시 소파로 뛰어내리며 계속 야옹야옹 울어 댔다. 꽁지는 순식간에 아이들에게 둘러싸였다.

"이것 봐, 꼬리가 왜 이렇게 짧아?"

"란란, 얘 꼬리가 어떻게 된 거야?"

아이들의 시선이 일제히 꽁지의 꼬리로 향했다. 꽁지의 등장으로 갑자기 집 안이 떠들썩해졌다. 란란은 친구들을 소파에 앉게 하고 자신은 꽁지를 품에 안고 카펫 바닥에 앉았다. 그리고 궁금해하는 친구들 앞에서 꽁지를 한 번 번쩍 들어 올렸다가 다정하게 쓰다듬으며 이야기를 시작했다.

"언젠가 눈이 아주 많이 내린 날, 다오후 오빠랑 강가에서 땔나무를 줍다가 눈밭에서 새끼 고양이를 발견했어. 처음엔 조금씩 기어가더니 갑자기 움직이질 않더라고. 눈 속에 파묻혀 오들오들 떨면서 힘없이 야옹야옹 울기만 했어. 다오후 오빠는 십중팔구 누군가 갖다 버렸을 거라고 했어. 조심스럽게 안아서 커다란 나무 밑에 내려놓고 주머니에 있던 어포를 꺼내 먹였어. 우리가 다시 땔나무를 주우러 가려고 돌아서는데 새끼 고양이가 야옹야옹 울더라고. 정말 슬퍼서 우는 것 같았어. 다오후 오빠가 걸음을 멈추고 땔나무를 내려놓고 나무 밑으로 달려가 새끼 고양이를 안고 왔어. 그리고 나보고 집에 데려가서 키우라고 했지. 나는 새끼 고양이를 품에 넣고 따뜻하게 안아 줬어……."

이때 퉁퉁이 제 방에 있던 비싼 장난감을 잔뜩 들고 거실로 나왔다. 헬리콥터, 기차놀이 세트, 카메라를 들고 있는 판다 인형을 보란 듯이 늘어놓고 혼자 놀았다. 어쩌다 마오마오와 눈이 마주친 퉁퉁은 한쪽 눈을 찡긋하며 '이거 전부 다 내 거야.'하는 표정을 지었다. 마오마오는 고개를 홱 돌려 란란에게 더 가까이 붙어 앉았다. 퉁퉁은 보란 듯이 좋은 장난감을 많이 벌여 놓았지만 아이들은 눈길도 주지 않았다. 그래서 시선을 끌어 보려고 불빛이 번쩍거리는 장난감 총을 흔들며 큰 소리로 "다다다" 총소리를 냈다. 드디어 아이들이 일제히 퉁퉁을 향해 고개를 돌렸다. 하지만 못마땅한 표정으로 한 번 쏘아보고 다시 란란에게 돌아갔다.

"란란, 어서 얘기해 줘. 그래서 꼬리는 왜 짧아진 건데?"

"더럽게 못생긴 고양이가 뭐가 좋다고."

퉁퉁은 누나 품에 안긴 꽁지를 째려본 후 장난감을 모아 들고 쿵쾅거리며 제 방으로 들어가 버렸다. 그리고 란란은 계속 이야기를 이어 갔다.

"어느 날, 내가 병이 났는데……."

어느 틈에 거실에 들어와 걸레질을 하던 할머니가 란란의 이야기를 이어받았다.

"열이 아주 심했지. 온몸이 불타는 석탄처럼 달아오르고 침대에 누워 헛소리까지 했단다. 그때 꽁지도 걱정이 됐는지 종일 웅크리고 앉아 란란 곁을 지켰지."

할머니는 받아 온 물에 걸레를 헹구며 계속 이야기했다.

"그렇게 사흘을 앓고 나서야 열이 내렸지. 다행히 병은 나았는데 입맛이 없으니 도통 먹질 못했어. 그래서 란란 사촌 오빠 다오후가……."

이때 란란이 할머니에게 어리광 부리듯 몸을 흔들며 말했다.

"할머니, 내가 말하게 해 줘요. 내가 말할래요."

할머니는 빙긋 웃으며 대야를 들고 부엌으로 갔다.

"그때 우리 다오후 오빠가 나를 위해 물고기를 잡는다며 그물을 둘러메고 펑 강으로 갔어."

란란은 손가락으로 꽁지의 납작코를 가리켰다.

"그때 얘가 다오후 오빠를 따라간 거야."

"왜, 왜 따라갔어?"

아이들은 다음 이야기가 점점 더 궁금해졌다.

"물고기를 잡으러 간 거야."

"고양이가 물고기를 잡는다고?"

도시 아이들은 믿을 수 없다는 표정을 지었다. 란란이 고개를 끄덕이며 대답했다.

"물론이지. 고양이는 물고기를 잡을 수 있지. 너희들은 못 믿겠지만 말이야. 꽁지는 제 꼬리를 물속에 넣고 살랑살랑 흔들었대. 그런데 펑 강에는 특별한 물고기가 있었는데, 음…… 할머니, 그 사람 깨무는 물고기 이름이 뭐였죠?"

"창꼬치 말이니?"

"창꼬치는 꽁지 꼬리가 작은 물고기라고 생각했나 봐. 눈앞에 먹이를 발견한 창꼬치가 한입에 꽁지 꼬리를 물어 버린 거야."

아이들은 깜짝 놀라 눈이 휘둥그레졌다. 란란은 꽁지의 머리를 토닥이며 말을 이어 갔다.

"꽁지가 깜짝 놀라 펄쩍 뛰어오르면서 창꼬치도 같이 물 밖으로 튀어나왔어. 꽁지는 너무 아파 날카롭게 울부짖었고, 다오후 오빠는 그물을 집어 던지고 꽁지에게 달려갔어. 창꼬치는 오빠가 아가미를 세게 틀어쥔 후에야 입을 벌렸어. 하지만 꽁지 꼬랑지는 이미 달랑달랑했어. 꽁지는 고통을 참을 수 없어 펄쩍펄쩍 뛰어다녔어. 사방에 피를 뿌리면서 말이야. 이상한 건, 꽁지가 집으로 돌아오지 않고 들판 어딘가로 사라져 버렸다는 거야. 밤낮으로 간간히 울음소리만 들리고. 나중에 다오후 오빠가 풀숲에서 꽁지를 찾아 데려왔는데, 이미 꼬리가 잘려 나간 거야. 며칠 새 비쩍 말라 너무 가여웠어. 꽁지는 나를 보자마자 내 품으로 파고들어 왔어……."

아이들은 동그랗게 꽁지를 에워싸고 신기한 듯 쳐다봤다. 몇몇은 손을 뻗어 꽁지의 꼬리와 귀를 쓰다듬었다. 란란의 품에 안겨 있던 꽁지는 창틀 위로 훌쩍 몸을 날렸다. 고개를 돌려 아이들을 향해 야옹거리고는 마당으로 나가 버렸다.

그때, 대문 열리는 소리가 들렸다. 란란은 창밖을 확인하더니 떨리는 목소리로 외쳤다.

"외할머니가 오셨어."

아이들은 외할머니라는 말에 허둥대기 시작했다.

"괜찮아. 걱정하지 마. 우리 외할머니는…… 좋은 분이셔."

하지만 샤오위는 아이들에게 이렇게 외쳤다.

"빨리 숨어!"

아이들은 뿔뿔이 흩어져 벽장 속으로, 커튼 뒤로 몸을 숨겼다.

몸집이 작은 아이는 거실 구석에 놓인 세탁기 안으로 들어갔다. 몸집이 커 숨을 곳이 마땅치 않은 샤오위는 천장에 난 구멍을 올려 보더니 책상을 밟고 올라가 긴 팔을 뻗어 천장에 매달렸다. 천장을 향해 훌쩍 몸을 솟구치자, 눈 깜짝할 새 사라졌다. 마오마오는 전에 외할머니를 만난 적이 있어 무서운 사람이 아닌 줄 알았다. 하지만 다른 아이들이 난리법석을 피우자 덩달아 새끼 거북을 들고 탁자 아래로 숨었다.

부엌에서 야채를 다듬던 할머니는 란란 엄마가 온 줄 알고 종종걸음으로 달려 나갔다. 부엌을 나와 거실을 지나는데 거실이 텅 비어 있었다. 아이들이 모두 숨은 것을 보고 나서야 안도의 한숨이 나왔다. 할머니는 마당으로 나가려다 현관 앞에 어지럽게 널려 있는 아이들 신발을 보고 얼른 부엌으로 되돌아가 커다란 바구니를 가져왔다. 재빨리 신발을 주워 담고 후다닥 부엌으로 들어갔다. 마침 현관 앞에 도착한 외할머니는 바구니를 든 할머니 뒷모습을 보고 말했다.

"형님, 장 보고 오셨나 봐요?"

"아, 네. 벌써 퇴근했어요?"

외할머니는 할머니가 들고 있는 바구니에 야채가 아니라 신발이 가득 담긴 것을 보고 의아한 표정을 지었다.

"형님, 그 광주리에 든 게 뭐예요?"

"그냥 찬거리예요."

할머니는 대충 얼버무리고 서둘러 부엌으로 들어갔다. 외할머니는 할머니 행동이 좀 이상하다고 생각하며 고개를 갸웃거렸다. 거실에 올라선 외할머니 발에 뭔가 걸렸다. 고개를 숙여 보니 신발 한 짝이었다. 듬성듬성 구멍이 난, 끈 없는 운동화였다. 방금 전, 할머니가 떨어뜨린 것이 분명했다.

"형님, 이 신발 누구 거예요?"

대답이 없자, 피곤했던 외할머니는 무너지듯 소파에 주저앉아 란란을 불렀다.

"란란, 차 한 잔 가져다주지 않으련?"

"네." 하고 대답하고 부엌으로 향하던 란란은 문득 고개를 돌려 거실을 훑어봤다. 다행히 샤오위와 아이들의 그림자는 보이지 않았다. 커튼이 앞으로 툭 튀어나와 누군가 숨어 있다는 티가 나긴 했지만. 란란이 부엌에 들어가려는 순간 할머니가 쟁반을 받쳐 들고 부엌에서 나왔다. 외할머니는 할머니를 보고 벌떡 일어났다.

"형님, 우리 이러지 않기로 했잖아요. 제가 필요한 건 제가 직접 하거나 애들을 시킬게요. 자꾸 애들 떠받들면 못써요."

"아이고, 밤낮으로 밖에서 힘들게 일하는데 집에서는 편히 쉬어야죠."

외할머니는 쟁반을 건네받으며 란란에게 이렇게 일렀다.

"앞으로 너랑 퉁퉁은 할머니 일을 많이 도와드려야 한다. 자기 일은 스스로 해야 하고."

란란은 조용히 고개를 끄덕였다. 할머니는 다시 부엌으로 들어갔다. 외할머니는 찻상에 찻잔을 올려놓고 가방에서 서류 뭉치를 꺼냈다. 눈은 서류를 보고 있었지만, 머릿속에는 의문이 가득했다.

'그 바구니 한 가득 들어 있던 신발은 도대체 뭐지? 왜 그렇게 급하게 부엌으로 도망치셨을까?'

이때, 퉁퉁이 거실로 나왔다. 외할머니는 현관 앞에 떨어진 신발을 가리키며 퉁퉁에게 물었다.

"저거 네 거니? 왜 한 짝뿐이니? 신발을 가지런히 정리해 두라고 말했잖니?"

"내 거 아니에요."

"말도 안 돼. 그럼 그게 란란 거라고? 란란 발이 그렇게 작을 리가 없잖아."

"내 거 아니라니까요, 그거……."

"그럼, 누구 건데?"

"그거……."

퉁퉁은 어떻게 설명해야 할지 망설이다가 거실을 둘러보며 란
란에게 물었다.

"애들은?"

"뭘 찾는 거니?"

외할머니가 다시 물었다.

"그 신발, 마오마오 거예요."

"마오마오 거라고? 그런데 왜 한 짝뿐이지? 마오마오는 어
디 있니?"

외할머니는 모든 것이 어리둥절했다. 퉁퉁은 계속 두리번거
리며 대답했다.

"애들이 엄청 많이 왔어요."

그리고 손가락으로 공동 마당 쪽을 가리켰다.

"다 저쪽 애들이에요."

순간 외할머니는 할머니가 들고 있는 바구니 안에 신발이 생
각났다. 그 순간 마오마오의 새끼거북이 탁자를 기어오르고 있
었다. 기어오르다 쉬고, 쉬다 기어오르고를 반복하며 점점 외
할머니에게 다가가고 있었다. 가장 먼저 새끼거북을 발견한 꽁

지는 일단 몸을 웅크렸다. 털을 곤두세우고 코를 벌름벌름하며 으르렁거렸다. 외할머니는 꽁지 덕분에 새끼거북을 발견했다.

"어디서 이런 게 들어왔지?"

새끼거북을 자세히 보니 목에 가느다란 줄이 묶여 있었다. 줄을 당겼지만 꿈쩍도 하지 않았다. 줄의 반대쪽 끝이 마오마오의 허리띠에 묶여 있었기 때문이다. 외할머니는 줄을 따라 탁자 아래를 살피다 바닥에 누워 있는 아이를 발견했다. 외할머니는 깜짝 놀라 뒷걸음쳤다.

"란란, 얘는 누구니? 왜 여기 누워 있는 거니?"

란란은 난처한 표정을 지으며 대답했다.

"그게요, 그러니까, 그 애들은……."

외할머니는 그제야 모든 의문이 풀렸다.

"다들 나오렴."

아이들이 여기저기에서 하나둘 겸연쩍은 듯 쭈뼛거리며 나타났다. 작지만 위엄 넘치는 외할머니 앞에 선 아이들은 겁먹은 표정으로 눈치를 살폈다.

"더 없니?"

외할머니의 말투는 온화했다. 한 아이가 천장 구멍 쪽으로 눈을 치켜뜨자 란란이 천장을 향해 소리쳤다.

"샤오위, 어서 내려와."

그 순간 천장 구멍에서 불쑥 두 다리가 튀어나왔다. 외할머니는 깜짝 놀라 "조심해." 하고 외쳤다. 그러자 한 아이가 히죽 웃으며 말했다.

"저 형 별명이 긴팔원숭이예요. 팔이 엄청 길어요."

천장 구멍에서 쑥 내려온 샤오위는 천장에 대롱대롱 매달린 채 일단 바닥을 한 번 살핀 후, 그네 뛰듯 반동을 주고 나뭇잎처럼 사뿐히 빈 공간에 착지했다. 외할머니는 신기해하며 샤오위에게 다가가 팔을 들어보게 하고 자기 팔을 나란히 대 보았다. 샤오위 키가 자신과 비슷해 보이자, 어린애처럼 까치발을 들며 이렇게 말했다.

"그래도 내가 더 크지? 이것 봐, 내가 더 크잖아."

아이들의 얼굴을 어둡게 만들었던 걱정과 두려움이 한순간에 사라졌다.

"에이, 뒤꿈치를 들었잖아요."

"그랬나?"

외할머니는 아이들을 향해 돌아서며 빙긋이 웃었다.

"다들, 앉으렴."

새끼거북은 여전히 온 힘을 다해 탁자 다리를 기어오르고 있었다. 외할머니는 새끼거북을 보는 순간 탁자 밑에 아이가 생각났다. 쪼그리고 앉아 살펴보니, 마오마오는 그새 잠들어 있었다. 외할머니는 마오마오의 코를 잡아 비틀었다.

"얘야, 일어나. 아침이다."

아이들이 하하 웃음을 터뜨렸다. 마오마오는 눈을 비비며 일어났다.

"잠자기 좋은 곳을 아주 제대로 골랐구나. 꼬마야, 잠은 잘 잤니?"

마오마오는 아직 비몽사몽이었다.

"네? 아……, 네."

외할머니는 얼떨떨해하는 마오마오를 보며 웃지 않을 수 없었다.

"저 할머니, 우리 누나보다 작아."

누군가 소곤거린 말이었지만 가까이 모여 있어 모두에게 또렷이 들렸다.

"그러니?"

외할머니는 살짝 고개를 돌리며 슬픈 표정으로 한숨을 내쉬고 소파에 주저앉았다.

"아, 이게 다 자란 거란다. 나도 어렸을 때, 지금 너희처럼 초콜릿도 먹고 우유도 마셨더라면 더 컸을지도 모르지. 그때는 먹을 게 쌀겨나 나무껍질밖에 없었으니 키가 클수록 비쩍 곯았어.”

이제 아이들은 몸도 마음도 편해졌다. 외할머니가 사탕을 가져와 아이들 손에 하나씩 쥐여 주고 웃으며 이야기를 나눴다. 할머니는 부엌 앞에서 이 모습을 지켜보고 있었다.

“형님, 그 ‘찬거리’ 바구니 다시 가져오세요.”

그제야 할머니도 미소를 지었다.

“난 또 란란 엄마가 돌아온 줄 알았지요.”

하지만 곧 잘못 말했다는 생각이 들었다.

“그러니까 제 말은…….”

할머니는 다시 설명하고 싶었지만 적당한 말이 생각나지 않았다. 외할머니는 잠깐 이야기를 멈추고 소파 팔걸이를 툭툭 치며 할머니에게 자리를 권했다. 이때 대문 밖에서 빵빵 자동차 경적 소리가 났다. 그리고 잠시 후 손님 두 사람이 들어왔다. 외할머니는 다시 부드러운 미소를 지으며 할머니에게 말했다.

“형님, 제 대신 여기 꼬마 손님들을 잘 대접해 주세요.”

그리고 아이들에게도 인사를 잊지 않았다.

“미안하구나. 손님들이랑 중요한 이야기를 해야 해서. 애들아, 앞으로도 자주 놀러 오렴.”

"고맙습니다, 할머니."

아이들이 합창하듯 대답했다. 외할머니는 두 손님과 함께 서재로 들어갔다.

"란란, 어른들 얘기하셔야 하니 조용히 놀아야 한다."

할머니가 란란에게 당부했다. 그러자 란란이 퉁퉁에게 말했다.

"그럼, 우리 동화책 읽자. 퉁퉁아, 동화책 좀 가져와."

퉁퉁은 쏜살같이 제 방으로 달려가 동화책 상자를 들고 나왔다.

"난 이거 말고도 책이 엄청 많아."

퉁퉁은 이마에 맺힌 땀을 닦고 다시 방으로 가려다가 란란에게 붙잡혔다.

"이거면 충분해."

처음 보는 동화책이 이렇게나 많다니, 아이들은 물 만난 고기처럼 난리법석을 떨며 좋아했다. 모두들 책 한 권씩을 들고 바닥에 주저앉아 정신없이 책을 읽었다. 누구 하나 떠드는 아이가 없었다. 창틀 위에 웅크린 꽁지는 실눈을 뜨고는 가볍게 그르렁거렸다.

책 읽기에 집중하느라 아무도 란란의 엄마가 돌아온 사실을 알아차리지 못했다. 엄마는 눈을 내리깔고 현관 앞에 널린 신발을 본 후, 다시 고개를 들어 카펫 바닥에 둘러앉은 아이들을 보았다. 특히 마오마오의 맨발을 보는 순간 저도 모르게 눈살을 찌푸렸다. 한창 동화책에 빠져 있던 란란은 인기척을 느끼며 고개를 들었다. 엄마와 눈이 마주치는 순간 너무 당황해 얼이 빠졌다.

"엄……마."

조금 전과 달리 미처 숨지 못한 아이들은 얌전히 일어나 인사했다.

"안녕하세요, 아줌마."

엄마는 짧게 대답한 뒤 핸드백을 옷걸이에 걸어 두고 다시 아이들 쪽으로 다가왔다.

"모두들 공동 마당에 사니?"

"네."

아이들은 고개를 끄덕이며 대답한 뒤, 하나둘 읽던 동화책을 덮어 카펫 바닥에 내려놓았다. 엄마는 또 한 번 마오마오의 맨발을 힐끗 쳐다봤다. 마오마오는 얼른 발을 움츠려 바지통 안으로 넣었다.

"어머니, 저녁 다 됐어요?"

"다 됐다."

할머니 얼굴에 불안한 표정이 그대로 드러났다. 이때 샤오위

가 벌떡 일어서며 눈짓을 하자 나머지 아이들도 모두 따라 일어
섰다. 문 앞으로 몰려가 서둘러 신발을 찾아 신은 아이들은 허
둥지둥 도망치듯 대문 밖으로 뛰어나갔다. 란란은 머리끄덩이
를 입에 물고 창문 앞에 서서 아이들의 뒷모습을 지켜봤다. 엄
마는 소파에 앉아 카펫 위에 널브러진 동화책을 보며 짜증스러
운 표정을 지었다.

"란란, 퉁퉁, 이리 오렴."

두 아이는 엄마 앞에 섰다.

"누가 저 애들을 집에 들이라고 했니?"

란란은 고개를 푹 숙인 채 말없이 옷자락만 만지작거렸다.

"흥, 쟤들이 멋대로 들어왔어."

퉁퉁은 마오마오만 생각하면 아직도 화가 치밀었다. 하지만
란란은 다르게 대답했다.

"제가 들어오라고 했어요."

"란란, 앞으로 저 애들을 집에 들어오게 하면 안 돼. 알겠지?
어쩜, 동화책까지 다 들고 나와서 보여 줬니? 요즘 간염이 유행
이라는데 병이라두 옮으면 어찌려고 그러니?"

할머니는 그때 식탁보를 깔고 저녁상을 차리고 있었다. 엄마
가 할머니를 돌아보며 신신당부했다.

"어머니, 앞으로 저쪽 애들에게 절대 문 열어 주시면 안 돼요."

할머니는 들릴 듯 말 듯 "그래." 하고 대답했다. 엄마는 핸드백에서 수수한 스타일의 짙은 남색 스카프를 꺼내 할머니에게 건넸다.

"봄바람이 아직 차요. 외출할 때 두르고 나가세요."

할머니는 연신 앞치마에 손을 닦으며 대답했다.

"난 아무것도 필요 없으니, 괜한 돈 쓰지 마라."

"이제 어머니 연세가 적지 않으세요. 잘 챙겨 입으시고, 더 잘 챙겨 드셔야 해요. 이건 제가 할게요."

엄마는 식탁보를 반듯이 펴면서 당부의 말을 이어 갔다.

"어머니, 앞으로 학교 파하는 시간에 맞춰 애들을 데려와 주세요. 곧바로 집에 오지 않고 또 저쪽 동네에 가서 놀지 않도록 말이에요."

"그래."

할머니는 이번에도 작은 목소리로 대답했다.

10

할머니는 엄마 눈치를 점점 더 많이 보기 시작했다. 옳고 그름을 따지지 않고 엄마 말이라면 무조건 따랐다. 그날 이후, 할머니는 공동 마당 아이들을 집에 들이지 않았다. 또 매일 수업 끝날 시간에 맞춰 학교 앞에서 란란과 퉁퉁을 기다렸다.

하루하루 날이 더워졌다. 길가에 줄지어 선 버드나무는 벌써 짙은 녹음을 뽐냈고, 아름드리 오동나무는 커다란 양산처럼 눈부신 햇살을 가려 주었다. 성급한 매미 몇 마리가 일찌감치 허물을 벗어 던지고 맴맴 울었고, 마당 한쪽에 심어 놓은 포도 넝쿨에는 아직 날개가 돋지 않아 맨몸뚱이인 사마귀들이 기어다녔다. 천장이 낮아 비좁고 더운 집을 뛰쳐나온 공동 마당 아이들은 팬티에 러닝셔츠 바람으로 작은 깡통이나 유리병을 들고 소라, 물고기를 잡으러 변두리 강가로 몰려갔다. 그러나 란란은 여전히 높은 담장 안에 갇혀 지냈다.

"란란, 피아노 좀 더 쳐 보렴."

엄마는 란란이 피아노에서 떨어지기만 하면 다그치며 말하곤 했다. 란란은 말대꾸는 하지 않았지만 불만이 가득했다. 엄마는 그럴 때마다 꾸짖기 보다는 살살 달래며 말했다.

"란란, 여긴 펑린두가 아니야. 펑린두에선 아무것도 못 해도 상관없었지만 이곳은 달라. 도시에서는 음악도 알아야 하고 춤도 출 줄 알아야 하고 배워야 할 게 아주 많아. 특히 우리처럼 좋은 가문은 말이지……."

란란은 혼란스러운 표정으로 아무 말 못하고 눈만 끔뻑거렸다. 결국 란란은 차갑게 반짝거리는 피아노 앞에 앉아 기계적으로 손가락을 움직이며 건반을 눌렀다. 억지로 하려니 금방 코끝에 땀이 배어 나왔다. 잠시 후 외할머니가 구세주처럼 등장해 란란을 피아노에서 해방시켜 주었다.

외할머니가 엄마에게 말했다.

"애를 너무 몰아붙이지 마라. 저렇게 힘들어하는 걸 보니, 좋아하지도 않고 잘하지도 않는 것 같던데 여자라고 꼭 피아노를 칠 줄 알아야 하는 건 아니잖니. 피아노 못 친다고 어떻게 되는 것도 아니고."

마침 엄마도 란란이 피아노에 소질이 없다고 느끼고 있었던 터라 한숨을 내쉬었다. 그러나 한 가지만큼은 절대 양보할 수 없었다. 란란이 공동 마당에 놀러 가는 것. 외할머니는 이런 사정을 몰랐기에 숨 막힐 것 같은 표정으로 집 안에만 틀어박혀 있는 란란이 이상하다고 생각했다.

"왜 뒷동네 가서 친구들이랑 놀지 않고 종일 집에만 있니?"

란란은 엄마가 공동 마당 친구들과 놀지 못하게 했다는 것을 외할머니에게 알리고 싶지 않았다. 외할머니와 엄마가 다투는 것이 싫었고 무엇보다 그럴 때면 할머니가 전전긍긍하는 모습을 보고 싶지 않았다. 그래서 이렇게 대답했다.

"그냥 밖에 나가고 싶지 않아서요. 집에 있는 게 좋아요."

외할머니는 자세한 사정은 몰랐지만 속이 깊은 란란이 대견해 자상한 미소를 지으며 머리를 쓰다듬었다. 그리고 옆에 있는 할머니에게 이렇게 말했다.

"형님, 손녀를 정말 잘 키우셨어요."

란란은 견딜 수 없이 심심하고 답답할 때, 어쩔 수 없이 퉁퉁과 놀았다. 하지만 그것도 쉽지 않았다. 두 아이는 달라도 너무 달랐다. 퉁퉁은 여전히 학교에서 제멋대로 굴었다. 탁구 게임을 하다가 질 것 같으면 탁구대 위에 드러눕거나, 자기한테 져 주지 않는 아이를 두들겨 팼다. 마오마오가 작은 옷을 입었다고, 싼얼은 필통도 없다고 놀리고 비웃다. 퉁퉁은 친구들 따위는 안중에도 없었고 할머니까지 무시했다. 이것은 란란이 퉁퉁을 싫어하게 된 가장 큰 이유였다. 하루는 할머니가 퉁퉁에게 따뜻

하게 데운 우유를 가져다줬는데 한 모금 마시고 오만상을 찌푸
리며 소리쳤다.

"맛없어. 안 달잖아."

할머니는 우유 컵을 들고 부랴부랴 부엌으로 뛰어가서 설탕
한 스푼을 넣어 다시 가져왔다. 퉁퉁은 다시 한 모금 마시더니
이번에는 우유 컵을 밀어 버렸다.

"너무 달잖아. 안 먹어."

"퉁퉁아, 조금만 더 마셔 봐."

"안 먹어, 안 먹는다니까."

할머니가 퉁퉁을 달래려고 애썼지만 소용이 없었다. 퉁퉁은
고개를 돌리고 팔을 휘젓다가 할머니가 들고 있던 우유 컵을 쳐
버렸다. 유리컵이 바닥에 떨어져 산산조각 나고 우유가 몽땅 카
펫 위에 엎질러졌다. 만약 다오후가 그랬다면 당장 할머니의 손
이 올라갔겠지만 퉁퉁에게는 그럴 수 없었다. 할머니는 말없이
퉁퉁의 얼굴을 보다가 깊은 한숨을 내쉬었다. 그날 저녁, 집에
돌아온 엄마는 젖은 카펫을 보고 아무 말도 하지 않았다. 늘 그
렇듯 못마땅한 표정만 지을 뿐이었다.

란란은 집에 있을 때 할머니 옆에 꼭 붙어 지냈다. 하지만 엄
마가 집에 있는 날에는 엄마 눈치를 보며 할머니와 거리를 뒀

다. 펑린두에서는 잔꾀 한 번 부린 적 없는 맑고 순수한 아이였지만 도시에 살기 시작하면서 어른들 눈치를 보게 되었다. 가장 신경 쓰이는 사람은 역시 엄마였다. 통통과 놀기는 싫고 할머니와 함께 있을 수 없을 때, 란란이 마음 붙일 대상은 꽁지뿐이었다. 그런데 엄마는 란란이 꽁지랑 붙어 있는 것도 마뜩잖았다.

엄마는 가끔 장거리 공연이 있으면 며칠씩 집을 비우곤 했다. 그럴 때 란란은 해방감을 느꼈다. 무엇보다 애써 핑계를 찾지 않아도 할머니와 같이 잘 수 있어 좋았다. 란란은 또래보다 철이 많이 들었지만 여전히 할머니 품이 좋았다. 그래서 란란은 은근히 엄마가 장거리 출장을 떠나길 바랐다.

밤이 깊어 온 집 안이 쥐 죽은 듯 고요한 가운데 꽁지가 창틀 위에서 그르렁거리는 소리만 들려왔다. 란란과 할머니는 아직 잠들지 않았다. 할머니는 무슨 걱정거리라도 있는지 주름이 자글자글하고 군데군데 검버섯이 핀 거칠고 메마른 손으로 란란의 머리를 쓰다듬고 또 쓰다듬었다. 란란도 무슨 생각을 하는지 커다란 눈동자를 굴리며 작은 두 손으로 딱딱하게 굳은 할머니 손을 감싸 쥐고 손가락을 하나하나 꼽아 가며 조몰락거렸다.

"란란아."

할머니는 잠깐 쉬었다 말을 이었다.

"이제 할미를 보내 주지 않으련?"

란란은 대답 대신 할머니 손을 꼭 움켜쥐었다. 그리고 옆으로 몸을 돌려 불안한 표정으로 할머니를 바라봤다. 할머니는 란란의 이마를 살짝 찍어 누르며 웃었다.

"농담이야, 농담."

그러나 란란은 마음이 놓이지 않아 할머니에게서 눈을 떼지 못했다.

"이 할미가 어떻게 우리 란란을 두고 떠날 수 있겠니!"

할머니는 도시에 머무는 시간이 길어질수록 고향이 그리웠다. 하지만 란란과 헤어지기 힘들기는 할머니도 마찬가지였다. 특히 란란이 힘들어하는 모습을 볼 때마다 마음이 아팠다. 펑린두에서 살 때와 비교가 안 될 만큼 좋은 집에서 좋은 옷을 입고 맛있는 음식을 먹으며 지냈지만 아빠의 사랑을 받지 못하고 엄마와 서먹한 모습이 안쓰러웠다. 할머니는 란란이 이 집에서 전혀 행복하지 않다는 사실을 잘 알고 있었다. 할머니는 고향이 그리웠지만 란란만 두고 떠날 수도 없어 늘 답답하고 괴로웠다.

란란은 할머니 팔을 끌어다 제 머리 아래 받쳐 놓고 할머니의 다른 한 손을 잡고 조금 전처럼 손가락을 하나하나 꼽아 가며 만지작거렸다.

"할머니, 다오후 오빠 보고 싶지 않아요?"

"너는?"

란란은 할머니 반대쪽으로 고개를 돌렸다. 잠시 후, 할머니는 팔에 눈물이 떨어지는 것을 느꼈다.

"란란, 우니?"

란란은 고개를 흔들며 손등으로 눈물을 닦아 내고 다시 할머니 쪽으로 돌아누웠다.

"할머니, 내가 날짜를 세어 봤는데, 50일만 지나면 여름 방학이에요."

할머니는 대꾸하지 않았다. 다오후가 올 수 있을지 없을지 말해 줄 수 없기 때문이었다. 이것은 외할머니와 엄마가 결정할 일이었다. 란란도 더는 말하지 않았다.

란란은 펑린두를 떠난 후로 줄곧 다오후 오빠를 잊은 적이 없었다. 다오후는 맛있는 것, 좋은 장난감이 있으면 늘 란란에게 양보했다. 다오후에게는 언제나 란란이 우선이었다. 할머니가 집에 안 계실 때면 어른처럼 든든하게 란란을 보살펴 줬다. 란란이 목이 마르다고 하면, 쏜살같이 갈대숲으로 달려가 부드럽고 달콤한 새하얀 갈대 뿌리를 파 왔다. 또 란란이 배가 고프다고 하면 당장 갈대숲에 들어가 들오리알을 구해 와 불을 지펴 맛있게 구워 줬다. 집 밖에서는 언제나 경호원처럼 든든하게 란란을 지켜 줬다. 아무도 란란의 손끝 하나 건드리지 못하도록 했고, 란란을 화나게 하는 사람은 절대 용서하지 않았다. 어린 란란에게 다오후 오빠는 언제나 자랑스러운 영웅, 그 자체였다. 소학교 입학 첫날, 선생님이 이름을 물었을 때, 란란은 고개를 들고 자신 있게 대답했다.

"저는 란란이고요, 우리 오빠는 다오후예요."

"난 너희 오빠 이름은 안 물어봤는데."

선생님이 놀리듯 되묻자 얼굴이 빨개진 란란은 혀끝으로 애꿎은 입술만 빨았다.

"란란."

할머니가 란란 손을 끌어다 가슴에 올리고 잠시 뜸을 들인 후 말을 이었다.

"마침, 네 엄마가 없으니 할미가 외할머니한테 말해 보마."

란란은 무슨 말인지 모르겠다는 표정이었다. 할머니는 어떻게 말해야 할지 당황스러웠다.

"그러니까…… 내 말은 외할머니에게 말하나 네 엄마에게 말하나 똑같다는 뜻이야. 란란이 오빠를 보고 싶어 한다고 말씀드리마."

"할머니, 나 졸려요."

사실 란란은 졸리지 않았다. 란란의 눈은 어둠 속에서 한참 동안 반짝였다.

며칠 후, 란란과 할머니가 손을 잡고 외할머니 방에 들어갔다. 할머니가 말했다.

"란란 외할머니, 란란이 제 사촌 오빠를 보고 싶어 해요."

란란이 얼른 끼어들며 말했다.

"할머니도 보고 싶어 하세요."

외할머니가 빙그레 웃으며 대답했다.

"조금만 기다리렴. 벌써 그쪽에 편지를 보냈단다. 여름 방학이 되면 다오후가 이리 올 게다. 꼭 올 게야."

뜻밖의 소식에 란란의 눈이 동그래졌다.

"전혀 생각해 보지 않았니? 벌써부터 네 얼굴에 오빠가 보고 싶다고 쓰여 있더구먼."

평소 얌전하기만 하던 란란은 너무 기쁜 나머지 할머니 손을 잡고 깡충깡충 뛰었다.

"오빠가 온다, 오빠가 온다!"

"가시나야, 미쳤나."

말은 이렇게 했지만 할머니도 기뻤다.

11

어느덧 매미들의 합창이 시작되더니 해가 져도 그칠 줄 몰랐다. 태양이 뜨겁게 내리쬐니 눅눅했던 마당이 바짝 말랐다. 날이 더워지면서 퀴퀴한 호수 냄새가 바람에 실려 왔다. 할머니가 봄에 심어 놓은 수세미는 줄기가 쭉쭉 자라 시멘트 기둥을 지나 빨랫줄까지 뻗어 올라갔다. 그 줄기 곳곳에 기다란 수세미가 주렁주렁 달렸다. 담벼락 아래 심은 강낭콩은 연보랏빛 꽃잎이 떨어진 자리에 활처럼 휜 콩꼬투리를 맺었다.

란란은 하루하루 초조하고 애타는 마음으로 기다리고 기다린 끝에 드디어 여름 방학을 맞이했다. 바로 그때 펑린두에서 전보가 날아왔다. 다오후가 오늘 오후 3시에 기차역에 도착한다고 했다. 외할머니가 엄마에게 말했다.

"난 급한 일이 있으니 네가 란란을 데리고 마중 나가렴."

엄마는 란란의 재촉에 못 이겨 점심을 먹자마자 일찌감치 란란과 함께 기차역으로 나갔다. 란란은 엄마 손을 꼭 붙잡고 계속 중얼거렸다.

"왜 이렇게 안 오지?"

드디어 요란한 기적 소리를 울리며 기차가 도착했다. 란란은 엄마 손을 뿌리치고 인파 속으로 파고들어 가 사방을 두리번거리며 끊임없이 "오빠." 하고 불렀다.

예전보다 더 까맣고 듬직해진 다오후가 기차에서 내렸다. 남색 러닝셔츠에 새로 지은 바지를 입었는데 길이가 조금 짧아 보였다. 신발은 할머니가 예전에 만들어 준 헝겊신을 신었다. 한쪽 어깨에 긴 나무 막대를 짊어졌는데 그 양끝에 버드나무 가지를 엮어 만든 바구니가 달려 있었다. 앞쪽 바구니에는 새하얀 오리알이 가득했다. 모두 쌍란이었다. 뒤쪽 바구니에 담긴 것도 오리알이었는데 펑린두 친구들이 란란에게 보내려고 갈대숲에서 주워 온 것이었다. 다오후는 주먹만 한 작은 바구니도 여럿 들고 있었다. 이 바구니에는 쉴 새 없이 울어대는 통통한 여치가 들어 있었다.

란란은 사람들 틈바구니에서 까치발을 들고 두리번거리다가 한눈에 다오후를 알아보고 쏜살같이 달려갔다.

"오빠."

그 순긴 디오후도 눈이 번쩍 뜨였다.

"란란."

"오빠."

란란은 다오후에게 달려와 와락 목을 껴안은 채 너무 좋아 방방 뛰었다.

"오빠, 오빠."

란란이 기쁨을 주체하지 못해 지나가던 사람들이 모두 돌아볼 정도였다. 뒤따라온 엄마는 팔짱을 끼고 옆에 서서 란란을 불렀다.

"란란."

하지만 란란 귀에는 아무 말도 들리지 않았다. 엄마는 좀 더 가까이 다가가 란란 팔을 끌어당겼다.

"란란, 이제 그만하렴. 오빠 데리고 어서 집에 가야지."

"안녕하세요, 작은엄마."

엄마는 웃으며 가볍게 고개를 끄덕이고 나무 막대에 달려 있던 바구니 두 개를 받아들었다.

"자, 가자."

란란은 다오후 손을 잡고 엄마를 따라 기차역을 빠져나와 버스를 탔다. 집 앞에 도착하니 공동 마당 아이들이 대문 앞에서 기다리고 있었다. 다들 란란이 입이 마르도록 칭찬하고 자랑하던 다오후 오빠가 어떤 사람인지 궁금했다. 란란은 자신감 넘치는 표정으로 우쭐대며 아이들에게 다오후를 소개했다.

"우리 다오후 오빠야."

그리고 다오후가 들고 있던 여치 바구니를 낚아채 샤오위에게 건넸다.

"이건 우리 오빠가 너희한테 주는 선물이야."

평소 집에서 거의 말을 하지 않던 란란이 하루아침에 딴 사람이 됐다. 생글생글 웃으며 작은 입을 잠시도 쉬지 않고 재잘거렸다. 이날은 할머니도 종일 미소를 지으며 기쁨을 감추지 못했다. 오랜만에 한자리에 모인 세 사람은 펑린두 초가집에서처럼 즐겁게 이야기꽃을 피웠다. 저녁을 먹고 텔레비전을 보고 씻고 나니 어느덧 잠잘 시간이었다. 엄마가 빈방 방문을 열며 세 사람을 향해 말했다.

"란란, 이제 오빠를 쉬게 해 줘야지."

손님이 왔을 때 사용하는 방이었다. 방에는 새하얀 이불이 깔린 커다랗고 푹신한 침대가 있었다. 할머니가 당황스러운 듯 손을 휘저었다.

"아니다, 아니야. 그냥 내 방에서 같이 자면 돼. 아니면, 소파에서 지도 되고."

옆에 있던 외할머니가 끼어들어 물었다.

"아니, 형님 왜요?"

"보다시피, 얘는 매일 밖에서 뒹굴어서 흙투성이예요. 씻어도 소용없어요. 이렇게 깨끗한 침대를 더럽히면 되겠어요?"

"무슨 황제의 용상도 아닌데 왜 안 되겠어요?"

외할머니는 다오후의 머리를 쓰다듬으며 명쾌하게 말했다.

"여기서 푹 쉬렴, 먼 길 오느라 피곤할 텐데."

그때 할머니가 먼저 방에 들어가 이불을 걷어 내기 시작했다. 이불을 더럽힐까 걱정됐던 것이었다. 란란이 얼른 쫓아가 할머니 막아섰다.

"할머니."

란란은 뾰로통하게 입을 삐죽였다. 할머니는 슬쩍 엄마를 쳐다봤다.

"괜찮으니, 어서 쉬렴."

엄마는 짧게 대답하고 돌아섰다. 외할머니가 조용히 방문을 닫아 줬다. 나머지 사람들도 각자의 방으로 흩어졌다. 다오후는 멍하니 새하얀 이불을 내려다보다가, 고개를 들어 굳게 닫힌 방문을 돌아봤다. 슬쩍 이불을 한 번 만져 보긴 했지만 차마 침대에 올라가지는 못했다. 지금껏 살아오면서 이부자리라고는 여름이나 겨울이나 땀에 절고, 닳고 닳아 빤질빤질해진 삿자리 하나뿐이었다. 그래서 처음 마주한 이 상황이 무척 당황스러웠다.

잠시 후 외할머니가 계속 불이 켜져 있는 것을 보고 문밖에서 나지막이 속삭였다.

"애야, 어서 불 끄고 자야지."

다오후는 깜짝 놀라 얼른 불을 껐다. 그리고 잠시 망설이다가 용기를 내 침대에 올라갔다.

'엄마야!'

침대가 너무 푹신푹신해서 몸이 몇 번이나 튀어 올랐다. 다오후는 깜짝 놀라 얼른 방바닥으로 내려갔다.

'침대가 망가진 건 아니겠지?'

덜컥 겁이 나 침대 옆에 서서 안절부절못했다. 천생 시골 아이인 다오후는 땀까지 흘리며 어쩔 줄 몰라 했다. 그렇게 한참 서 있으려니 다리도 아프고 눈꺼풀이 감겨 왔다. 결국 다오후는 셔츠와 바지를 벗어 돌돌 말아 베개 대신 베고 방바닥에 누웠다.

잠시 후 외할머니가 다오후 방에 들어왔다. 덥지 않도록 창문을 열어 둘 생각이었다. 조용히 방문을 열고 불을 켰는데 침대가 텅 비었다. 고개를 돌려 보니 다오후가 방바닥에서 자고 있었다.

"그 녀석, 참……."

외할머니는 온 힘을 다해 다오후를 안아 올려 침대에 눕혔다. 그리고 손수건으로 이마에 맺힌 땀을 닦아 주었다.

12

다오후가 온 이후 란란은 완전히 다른 사람으로 변했다. 온종일 밝게 웃으며 깡충깡충 뛰어다니고 신나게 노래도 부르고 아기처럼 어리광도 부렸다.

집 앞마당에는 가지런히 가지치기한 사철나무가 울타리처럼 에워싼 작은 잔디밭이 있었다. 한없이 푸른 잔디가 무성하게 자라 흙바닥을 빼곡 뒤덮은 모습이 꼭 부드러운 초록빛 카펫 같았다. 온 마당에 풀냄새가 진동했다. 하지만 란란은 이 작은 세상이 싫었다. 고개를 젖혀 하늘을 보다가 슬픈 목소리로 중얼거렸다.

"오빠, 여기 하늘에선 종달새 소리가 들리지 않아."

다오후는 풀잎 한 장을 꺾으며 대꾸했다.

"란란, 눈을 감아 봐."

란란은 오빠가 뭘 하려는지 알 수 없었지만 시키는 대로 손으로 눈을 가렸다. 다오후는 풀잎을 입에 물고 혀를 이용해 살짝 밀어내며 바람을 내뱉었다. 그 순간 맑고 청아한 새소리가 울려 퍼졌다.

"와, 종달새다, 종달새야!"

란란은 환호성을 지르며 박수를 치고 고개를 들어 하늘을 올려 봤다.

"없는데?"

"여기야!"

다오후도 재미있다는 듯 밝게 웃었다. 란란은 어리둥절한 표정으로 다오후를 쳐다봤다.

"삐이……, 삐이……."

"오빠였어?"

란란의 눈이 반짝거렸다.

"종달새다, 종달새. 정말 종달새 울음소리야."

"비슷해?"

"똑같아, 오빠. 전에는 못하지 않았어?"

다오후도 덩달아 신이 났다.

"그동안 거의 매일 강가에 나가서 종달새 소리를 듣고 연습했거든. 직접 가서 보고 들으니까 확실히 배울 수 있겠더라고. 한동안 어딜 가든 쉬지 않고 연습했어. 한번은 교실에서 수업이 시작한 것도 모르고 풀피리를 불다가 선생님한테 걸려서 교실 밖으로 끌려 나갔어. 별로 햇볕 뜨거운 운동장에 한나절 서 있었는데 새까맣게 타서 물집이 생기고 난리였지."

다오후는 천진난만하게 웃었다. 란란도 까르르 따라 웃었다. 다오후는 하늘을 바라보며 다시 풀피리를 불었다. 이 순간 란란은 펑린두 들판으로 돌아간 것 같았다. 종달새 한 마리가 푸다닥 날갯짓하며 솟구쳐 솜털처럼 새하얀 구름을 뚫고 하늘 높이 사라진 후, 하늘에서 아름다운 새소리가 쏟아져 내리면, 온 세상이 한없이 밝고 상쾌해지고…….

한편 현관 앞 계단에서 혼자 블록을 갖고 놀던 퉁퉁은 다오후 형이 신나게 풀피리를 불고 란란 누나가 그 소리에 즐거워하는 모습을 보자 괜히 심술이 났다.

'흥, 부는 건 내가 더 잘하거든.'

퉁퉁은 블록을 한쪽으로 밀어 버리고 쿵쾅거리며 안으로 들어갔다. 장난감 상자를 뒤져 작은 새 모양의 플라스틱 장난감 피리를 찾아낸 후, 부엌으로 달려가 그 안에 물을 가득 담아 베란다로 나갔다. 그리고 양 볼을 최대한 부풀렸다가 있는 힘껏 바람을 불어 넣었다. 그 순간 고막이 찢어질 것 같은 날카로운 쇳소리가 울렸다. 퉁퉁은 계속 장난감 피리를 불면서 다오후에게 우쭐한 표정을 지어 보였다. 화가 난 란란이 퉁퉁을 향해 버럭 소리를 질렀다.

"그만해. 그만하라니까. 시끄러 죽겠잖아."

퉁퉁은 아랑곳하지 않고 더 힘껏 불어 댔다. 란란은 얼굴을 잔뜩 찌푸리고 더 크게 소리쳤다.

"한 번만 더 불면, 확 갖다 버릴 거야."

퉁퉁은 살짝 겁이 났다. 장난감을 바닥에 던지고 고개를 홱 돌렸다. 그때 할머니가 달려왔다.

"응, 누가 우리 퉁퉁을 화나게 했니?"

퉁퉁은 감히 란란을 건드릴 수 없어 다오후에게 화살을 돌렸다.

"형 때문이야."

순진한 다오후는 억울한 표정으로 하소연했다.

"할머니, 저는 …… 전 여기에 그냥 가만히 있었어요."

"오빠는 아무 잘못도 없어요. 퉁퉁이 거짓말한 거예요."

란란은 다오후 팔을 잡아끌었다.

"쟤 신경 쓰지 말고 우리끼리 놀아. 정말 꼴도 보기 싫어."

퉁퉁은 제 뜻대로 되지 않자 다급한 마음에 화분의 작은 돌을 한 움큼 집어 다오후에게 던졌다. 그중 하나가 다오후 머리에 정확히 맞았다. 다오후가 고개를 홱 돌리고 퉁퉁을 향해 무섭게 두 눈을 부라렸다. 그리고 발밑에 떨어진 돌을 주워들고 주먹을 꽉 쥐었다. 하지만 금방 주먹을 풀고 돌을 잔디밭으로 던져 버렸다. 퉁퉁이 또 돌을 던지려 했다. 이것을 본 할머니는 얼른 퉁퉁의 손을 쳐서 돌을 떨어뜨렸다. 퉁퉁은 바닥에 털썩 주저앉아 발을 동동 구르며 울기 시작했다.

"너네들 다 나빠. 다 나빠. 엄마한테 다 이를 거야."

그렇게 한바탕 울더니 벌떡 일어나 대문 밖으로 뛰쳐나갔다.

"퉁퉁아."

할머니가 다급히 뒤쫓아 나갔다.

"오빠, 신경 쓰지 마."

란란이 다오후 팔을 잡아끌어 제 옆에 앉혔다.

"오빠, 계속 불어 줘."

다오후는 고개를 푹 숙였다.

"내일 하자."

란란이 고개를 저으며 다시 졸랐다.

"지금 듣고 싶어."

"우리도 듣고 싶어요."

두 사람은 동시에 고개를 돌렸다. 높은 담장 꼭대기에 공동 마당 아이들 열댓 명이 쭈르륵 매달려 있었다. 그중에는 샤오위도 있었다.

"종달새가 그렇게 울어요? 소리가 진짜 좋아요."

마오마오도 끼어들었다.

"우리 여기에서 계속 듣고 있었어요."

란란이 손짓으로 아이들을 불렀다.

"이리 내려와."

마오마오가 고개를 흔들었다.

"할머니가 못 들어오게 하시잖아."

"지금 할머니 안 계셔. 빨리 내려와."

아이들은 서로 눈빛을 주고받더니 하나둘 담장을 넘어 들어왔다. 마오마오는 새끼거북이 다치지 않게 하려다가 엉덩방아를 찧고 안경을 떨어뜨렸다. 엉덩이가 너무 아파 "아야!" 소리를 냈다.

다오후는 마오마오를 보며 웃다가 풀잎을 하나 꺾어 간단히 연습을 해 봤다. 청아한 종달새 소리가 다시 울려 퍼졌다. 샤오위와 아이들은 조용히 귀를 기울였다. 아이들은 지금까지 종달새 울음소리를 들어 본 적이 없었다. 사실 종달새가 어떻게 우는지도 몰랐다. 잠시 후 란란은 다오후가 뻘뻘 땀 흘리는 것을 보고 풀피리를 중지시켰다.

"우리 오빠 힘드니까 풀피리는 그만하자. 대신 들어가서 동화책 읽자. 엄마가 새 동화책 사 주셨어."

란란이 다오후를 잡아끌고 가장 먼저 뛰어갔다. 아이들은 아무리 크게 혼나도 똑같은 일을 반복하기 마련이다. 다들 란란 엄마의 차가운 눈빛을 완전히 잊은 것 같았다. 샤오위와 아이들은 환호성을 질렀다.

"이야, 동화책, 동화책이다."

아이들은 소리를 지르며 현관으로 우르르 몰려갔다.

"얘들아, 신발 벗어."

탁, 탁, 탁. 문 앞에 또 다시 신발 무더기가 생겼다. 란란이 제 방에서 동화책 한 상자를 들고 나와 다오후에게 건넸다.

"오빠가 나눠 줘."

그리고 돌아서서 선풍기 스위치를 눌렀다. 거실 한쪽 모서리에 놓인 선풍기가 큰 머리를 돌리며 땀에 젖은 아이들에게 상쾌한 바람을 흘려보내 주었다.

얼마나 지났을까, 할머니가 한참 퉁퉁을 달랜 끝에 겨우 데리고 들어왔다. 대문을 쿵 걷어차고 들어온 퉁퉁은 양손을 허리에 얹고 오만한 표정으로 고함을 질렀다.

"내 책이야."

퉁퉁은 특히 다오후와 마오마오를 오랫동안 노려봤다. 며칠 전 학교에서 또 한바탕 싸운 터라 마오마오가 유난히 거슬렸다.

하지만, 아이들은 퉁퉁을 무시했다. 오늘은 퉁퉁의 뜻대로 되는 일이 하나도 없었다. 퉁퉁은 성난 호랑이처럼 다오후에게 달려들어 동화책을 빼앗았다.

"보지 마."

그러자 란란이 퉁퉁의 팔을 덥석 잡아 비틀었다.

"이게 누구 책인지 제대로 봐."

고개를 숙이자 동화책 표지에 비뚤비뚤 쓴 '란란'이란 두 글자가 보였다. 얼마 전 란란과 퉁퉁은 집에 있는 동화책을 절반으로 나눴다. 각자 자기 책을 보관하고 상대방 책에 절대 손대지 않기로 했다. 퉁퉁은 빼앗았던 책을 바닥에 홱 던졌다.

그때 마오마오가 안경 너머로 퉁퉁을 놀리듯 눈동자를 깜박였다. 퉁퉁은 성난 두꺼비처럼 한껏 볼을 부풀리며 씩씩거렸다. 하필 이때 잠에서 깬 꽁지가 기지개를 펴고 느릿느릿 움직이기 시작했다. 화풀이 상대가 필요했던 퉁퉁은 애꿎은 꽁지를 걷어찼다. 꽁지는 비명을 지르며 창틀로 뛰어올라가 털을 곤두세우고 퉁퉁을 사납게 노려봤다. 퉁퉁은 더 이상 어쩌지 못하고 도망치듯 제 방으로 들어갔다.

아이들은 다시 고개를 숙이고 즐겁게 동화책을 읽었다. 평소 동화책을 흔히 볼 수 없기에 더욱 간절히 보고 싶었다. 잠시 후

초인종 소리가 들렸다. 바로 문을 열어 주지 않자 초인종을 누른 사람이 큰 소리로 외쳤다.

"란란."

엄마였다. 엄마 목소리가 들리자 아이들은 화들짝 놀라 동화책을 집어 던지고 야단법석을 떨며 밖으로 뛰어나갔다. 아이들 열댓 명이 한데 뒤섞여 이리저리 부딪히다가 겨우 현관을 빠져나갔다. 정신없이 신발을 찾다 보니 짝짝이로 신거나, 미처 신을 시간이 없어 손에 들고 맨발로 뛰었다. 마오마오는 사라진 새끼 거북을 찾느라 거실을 뱅글뱅글 돌았다. 친구들이 모두 나가고 혼로 남게 되자 어쩔 수 없이 신발을 주워 들고 정신없이 빠져나갔다. 얼마나 마음이 급했는지 두 번이나 넘어졌다.

퉁퉁이 팔짝팔짝 뛰면서 대문을 향해 소리쳤다.

"애들이 도망가요. 애들이 도망가요."

대문 앞에 서서 이 모습을 지켜보고 있던 할머니는 아이들이 모두 도망간 것을 확인한 후에 문을 열었다. 엄마는 머리카락을 쓸어 올리며 투덜거렸다.

"어휴, 초인종 소리 못 들으셨어요?"

엄마는 가방을 흔들면서 집 안으로 들어왔다. 동화책을 정리하던 란란은 반짝반짝 빛나는 엄마의 하이힐이 눈에 들어오자,

저도 모르게 손을 멈췄다.

"란란, 누가 왔니?"

란란은 차마 고개를 들지 못했다.

"아, 아니…… 아니요."

그때 뒷마당 쪽에서 쿵쿵 소리가 들려왔다. 엄마는 재빨리 뒷마당 창으로 달려갔다. 마오마오가 바닥에 엎드린 샤오위 어깨를 밟고 담을 기어오르고 있었다. 샤오위는 천천히 일어서며 마오마오가 먼저 담장 위에 올라가도록 했다. 그리고 긴 팔을 쭉 뻗어 담장 윗면을 잡고 훌쩍 위로 몸을 솟구치더니 눈 깜짝할 새에 담을 넘어갔다.

그 순간 거실에서는 어디선가 나타난 마오마오의 새끼거북이 느릿느릿 란란의 발등을 기어오르기 시작했다. 란란은 깜짝 놀라며 다오후 쪽으로 새끼거북을 밀어 넘겼다. 다오후는 허리를 굽혀 조용히 거북을 잡아 슬그머니 바지 주머니에 넣었다. 때맞춰 엄마가 휙 돌아섰다.

"란란, 엄마가 저 아이들 집에 데려오지 말라고 했을 텐데!"

란란은 대꾸할 말이 없어 조용히 동화책을 상자에 주워 담았다. 다오후도 서둘러 바닥에 흩어진 동화책을 주워 들었다. 그때 퉁퉁이 달려와 다오후를 가리키며 말했다.

"형이 새소리 배워 왔다고 자랑해서 애들이 들어온 거야."

란란이 퉁퉁에게 동화책을 집어 던졌다.

"시끄러워. 내가 들어오라고 했어."

"다시 한 번 얘기하마. 앞으로 절대 저 애들을 집에 들이지 마라."

"엄마, 저 애들이……."

란란은 흥분해서 얼굴이 빨개졌다. 그리고 말을 이었다.

"저 애들이 도둑이에요, 깡패예요?"

"됐다. 그만하자."

엄마는 짜증스러운 듯 얼굴을 찌푸린 채 핸드백에서 요구르트 두 병을 꺼냈다.

"날씨가 왜 이렇게 덥다니. 어서들 마셔라."

란란은 요구르트와 빨대를 집어 들며 엄마에게 물었다.

"엄마, 오빠 거는요?"

"어머!"

엄마는 미안한 표정을 지었다.

"맞다, 다오후가 있었지……."

엄마는 얼른 지갑에서 돈을 꺼내 할머니에게 건넸다.

"정말, 깜빡했어요. 어머니가 두 병 더 사다 주세요. 대문 밖에 나가면 바로 보일 거예요."

할머니는 엄마에게 돈을 돌려주며 말했다.

"신경 쓰지 마라. 강물만 마시고 자란 애라 이런 건 마실 줄
도 몰라."

그러고는 다오후에게 말했다.

"다오후, 할머니 방으로 좀 들어오렴."

다오후는 할머니를 따라 방으로 들어갔다. 란란은 요구르트와
빨대를 탁자에 내려놓았다. 그러자 엄마가 말했다.

"란란, 이 요구르트 다오후에게 먼저 마시라고 해라. 내가 나
가서 더 사 올게."

그러나 란란은 고개를 저은 후, 책 상자를 들고 자기 방으로
들어가 버렸다. 퉁퉁은 소파에 벌러덩 누워 빨대를 쪽쪽 빨았
다. 퉁퉁은 새콤달콤하고 시원한 요구르트를 마시자 금방 기분
이 좋아졌다.

다오후는 할머니 침대에 기대앉아 방바닥을 기어가는 거북만
보고 있었다. 할머니는 방금 걷은 빨래를 개켰다. 할머니는 갑
자기 손을 멈추고 지그시 다오후를 바라보았다.

"다오후, 얼마나 더 있을 거니?"

다오후는 대답 없이 물끄러미 할머니 얼굴만 쳐다보았다.

13

란란은 다오후와 함께 있을 때, 일부러 더 즐거운 척했다. 폴짝폴짝 뛰어다니며 펑린두에서 즐겨 부르던 노래를 불렀다. 또 다오후에게 벽을 보고 서 있게 하고 어딘가 숨어서 "오빠, 나 찾아봐라." 하고 말하거나, 할머니 등 뒤에 숨어 있다가 갑자기 튀어나와 다오후를 놀라게 했다. 그리고 기회가 있을 때마다 다오후와 함께 나가 거리를 구경하거나 공동 마당에 가서 친구들과 함께 놀았다. 이렇게 지내는 동안 다오후는 펑린두에 돌아갈 생각을 싹 잊었다.

그러나 밤이 되어 엄마 옆에 누울 때면, 란란은 낮과는 전혀 다른 사람으로 돌변했다. 웃지도 않고 말도 거의 하지 않았다. 엄마 옆에서 같이 자긴 했지만 늘 엄마를 등지고 누웠다. 엄마가 란란의 머리카락을 만지작거리며 나지막이 속삭였다.

"퉁퉁과 또 싸웠니?"

란란은 저도 모르게 몸이 꿈틀했다. 그리고 속으로 생각했다.

'쳇, 누가 그런 애랑 상대나 할까? 공동 마당 애들도 전부 싫어하는데.'

"그러니까, 다오후가…….”

란란이 평소답지 않게 예민하게 반응했다.

"엄마, 아니에요, 아니라고요."

엄마는 잠시 입을 다물었다가 다시 조심스럽게 말했다.

"나 때문이니?"

밤바람이 불어와 창밖의 라일락 나무가 '사사삭' 소리를 내며 흔들거렸다. 지붕창을 통해 짙푸른 밤하늘과 희미하게 깜빡이는 별들이 보였다. 란란은 나뭇잎 흔들리는 소리를 들으며 밤하늘의 별을 바라볼 뿐이었다. 란란이 대답하지 않자 엄마가 다시 물었다.

"란란, 엄마 때문이니?"

란란이 고개를 저었다.

'아, 이 애를 어찌해…….'

엄마는 안타까움을 속으로 삼키고 입을 다물었다. 란란은 엄마 마음을 아프게 한 것 같아 미안했다.

"엄마, 주무세요."

며칠 후 란란이 기뻐할 일이 생겼다. 엄마가 다오후를 백화점에 데려가서 책가방과 옷, 단단하게 끈을 묶을 수 있는 파란색 운동화를 사 줬다. 그리고 온 가족이 모인 자리에서 이렇게 말했다.

"조만간 시간을 내서 너희 셋 모두 동물원에 데려갈게."

며칠 동안 할머니 얼굴에도 미소가 떠나지 않았다. 다오후는 어느 정도 이곳에서의 생활이 익숙해지자 방에만 틀어박혀 있지 않았다. 주로 란란과 놀았지만 퉁퉁과도 어울렸다. 퉁퉁이 여전히 건방지게 굴었지만 순박한 다오후는 시시콜콜 따지지 않고 되도록 퉁퉁이 원하는 대로 해 줬다. 매미도 잡아 주고, 풀숲에서 귀뚜라미를 잡아 주고, 연도 만들어 줬다. 다오후는 영리하고 손재주가 좋았다.

드디어 엄마에게 짬이 났다.

"너희 셋, 내일 동물원에 갈 거니까 준비해 두렴."

란란은 할머니를 도와 빵, 소시지, 과일, 음료수 등 간단한 먹을거리와 양산을 준비했다. 준비하는 내내 싱글벙글했다. 퉁퉁은 한껏 거들먹거리며 다오후에게 자랑하기 바빴다.

"동물원에 동물들이 얼마나 많은 줄 알아. 난 코끼리도 보고 호랑이도 보고 원숭이도 봤다. 형은 겨우 종달새밖에 못 봤지!"

퉁퉁은 다오후를 무시하듯 콧방귀를 뀌며 계속 말했다.

"동물원에는 새도 엄청 많아. 사람처럼 말하는 구관조도 있고 종달새보다 노래를 더 잘하는 꾀꼬리도 있어."

다오후는 싫은 내색을 하지 않았다. 다오후는 그 동물들을 본 적이 없으니, 퉁퉁의 말이 틀린 것도 아니었다. 펑린두를 떠나던 날, 친구들이 다오후를 부러워하며 이런 말을 했다.

"이야, 다오후는 동물원에도 가 보겠네. 좋겠다."

드디어 동물원에 간다고 생각하니 너무 흥분되고 설레었다.

다음 날, 이른 새벽에 눈을 뜬 세 아이들은 일찌감치 아침을 먹었다. 마침 외할머니가 외지 출장 중이어서 엄마는 거리낌없이 리씨 아저씨에게 운전을 부탁했다. 빵빵하는 자동차 경적 소리가 들리자, 란란은 다오후와 퉁퉁의 손을 잡고 대문 밖으로 나갔다. 퉁퉁이 제일 먼저 차에 올라탔고, 란란은 다오후 손을 잡고 같이 탔다. 그런데 엄마가 계속 꾸물거리며 나오지 않았다. 마음이 급한 란란이 차에서 내려 크게 소리쳤다.

"엄마, 빨리 나와요."

엄마가 창문으로 고개를 내밀었다.

"조금만 기다리면 돼."

엄마는 도대체 뭘 기다리는 걸까? 사실은 어젯밤, 뤼 이모에게 전화가 왔었다. 뤼 이모도 징징을 데리고 동물원에 가려는데 란란네와 함께 가고 싶어 했다. 엄마는 흔쾌히 수락했고, 지금

뤄이모와 징징을 기다리는 중이었다.

아침이었으나 한여름답게 날은 푹푹 쪘다. 마당 텃밭에 수세미 잎도 축 늘어졌다. 살수차가 거리에 물을 뿌리기 시작했다. 좁은 자동차 안에 다닥다닥 붙어 앉아 있으니, 금방 땀이 흘러내렸다. 뤄 이모는 안 오고, 아이들은 점점 기다림에 지쳐 갔다. 퉁퉁이 짜증을 냈다.

"빨리 가요, 빨리 가요!"

뤄 이모는 9시가 다 되어서야 카메라를 둘러메고 징징의 손을 잡고 나타났다.

"어서 타."

엄마가 서두르며 말했다.

"애는……?"

뤄 이모는 다오후를 보고 멈칫하며 고개를 갸웃했다.

"아, 애들 사촌."

뤄 이모가 눈을 동그랗게 뜨고 연분홍색 안경 너머로 다오후를 훑어 내렸다. 란란은 저도 모르게 다오후 손을 꼭 잡았다. 챙 모자를 쓴 징징이 먼저 뒷자리에 올라탔다. 자리가 좁아 불편한 징징은 엉덩이를 들썩이며 다오후를 구석으로 밀어붙였다. 하지만 다오후는 꿈쩍도 하지 않았다. 란란은 이미 미운털이 박힌 징징을 쏘아봤다.

"어서 타."

앞자리에 앉은 엄마가 뭐 이모를 재촉했다.

뭐 이모가 차창으로 고개를 들이밀고 얼굴을 찌푸렸다.

"아휴, 못 타겠다."

사사로이 관용 자동차를 이용하지 말도록 한 외할머니 명을 어기고 몰래 온 터라 마음이 찜찜했던 리씨 아저씨가 퉁명스럽게 한마디 내뱉었다.

"너무 비좁아요."

뭐 이모는 한참 망설이다 엄마에게 말했다.

"이 더운 날씨에 사우나하게 생겼네. 에고, 됐다, 됐어. 우린 나중에 가지 뭐. 징징, 어서 내려."

그런데 징징이 몸을 비틀며 고집을 부렸다.

"싫어. 안 내려."

그러자 엄마가 차에서 내렸다.

"자, 여기 앞자리에 앉아. 내가 애들이랑 뒤에 탈게."

이번에는 퉁퉁과 징징이 번갈아 가며 짜증을 부렸다.

"저리 가. 좁아."

"밀지 마."

두 아이는 경쟁하듯 목소리를 높여 갔다.

"어휴, 어쩌지?"

엄마가 난감해하며 중얼거렸다. 뤄 이모는 안경테를 밀어 올리며 말없이 다오후를 힐끗거렸다.

"빨리 타요."

리씨 아저씨도 슬슬 짜증이 났다. 엄마와 뤄 이모는 말없이 차 밖에 서 있었다. 차 안은 퉁퉁과 징징 때문에 난리법석이었다. 란란이 필사적으로 버티지 않았다면, 다오후는 성질 사나운 두 아이 틈에서 벌써 밀려 났을 것이다. 다오후는 구석에 앉아 옴짝달싹할 수 없었다. 온몸에서 땀이 비 오듯 쏟아졌다. 다오후는 계속 밖에 서 있는 란란 엄마와 뤄 이모를 보고 있다가 아이들 틈을 비집고 나가 차에서 내렸다.

"저는 안 갈래요."

다오후가 차에서 내리자 깜짝 놀란 란란이 "오빠." 하고 소리치며 따라 내리려 했지만, 곧바로 엄마에게 가로막혔다. 엄마가 다오후를 붙잡으며 말했다.

"그래도 같이 가야지."

그때 퉁퉁과 징징은 몸을 비틀어 가며 다시 소란을 피워 댔다.

"더워 죽겠어!"

"더워, 짜증 나!"

다오후가 고개를 흔들며 대답했다.

"저는 안 가도 돼요."

당황한 엄마는 뤄 이모 눈치를 살피며 잠시 고민했다.

"다오후, 그럼 이틀 후에 내가 다시 시간을 낼 테니 그때 란란이랑 다시 동물원에 가자. 괜찮지?"

다오후는 고개를 끄덕이고 돌아섰다.

"오빠."

란란이 다오후를 부르며 차에서 내리려 했지만 엄마가 란란을 가로막으며 재빨리 차에 올라탔다. 뤄 이모도 서둘러 앞자리에 앉았다. 리씨 아저씨가 가속 페달을 밟자 자동차는 붕 하는 소리와 함께 금방 멀어져 갔다.

"나도 안 가요, 안 갈래요."

란란이 계속 울며불며 소리쳤다.

"란란, 이틀 후에 다시 간다고 했잖니."

하지만 란란은 창문을 주먹으로 두드리며 소란을 피웠다.

"싫어, 싫어요. 난 안 가요."

엄마는 뤄 이모에게 창피하다는 생각이 들자 갑자기 엄한 표정을 지으며 단호하게 말했다.

"란란, 이제 그만해라."

란란은 엄마의 차가운 눈빛을 보며 입술을 부르르 떨었다. 자동차는 날갯짓을 시작한 새처럼 가로수 길을 내달렸다. 길가에 줄지어 선 오동나무는 연달아 뒤로 내달렸다. 란란의 눈에는 그렁그렁 눈물이 고여 차창 너머 건물과 사람들이 아른아른 희미하게 보였다. 손등으로 몇 번이나 눈물을 닦았지만 소용없었다. 길이 고르지 않아 자동차가 흔들렸고 란란의 몸도 이리저리 요동쳤다.

14

문득 란란의 눈앞에 드넓은 강 풍경이 펼쳐졌다. 물결 따라 흔들리는 작은 배 한 척이 떠 있는 펑 강…….

란란이 여섯 살 되던 해 어느 날이었다. 먼 길을 다녀온 동네 어른이 십 리 밖 딩쫭 읍내에 서커스단이 들어왔다는 소식을 알려 줬다. 원숭이와 곰이 재주를 부리고 이리가 불붙은 링을 통과하는 곡예가 펼쳐진다고 했다. 란란과 다오후는 이야기만 듣고도 흥분됐다. 펑린두에는 풀숲에서 메추라기 잡기, 강가 수풀에서 닭을 훔쳐 간 족제비 잡기, 강에서 물싸움하기 등 일 년 내내 즐길 거리가 무궁무진했다. 하지만 서커스 공연과 비교하면 모두 시시했다. 서커스의 재미는 펑린두의 소소한 재미로 절대 대신할 수 없었다. 더구나 서커스를 볼 수 있는 기회는 몇 년에 한 번 있을까 말까 했다.

"나 원숭이 보러 갈 테야."

란란이 다오후를 졸랐다.

"그래, 오빠가 데려가 줄게."

그때 이 말을 들은 할머니가 작은 빗자루를 들고 뛰어나오며 다오후에게 무섭게 호통을 쳤다.

"미리 말해 두는데 가기만 해 봐. 다리몽둥이 부러질 테니."

할머니는 아이들끼리 먼 길을 떠날까 봐 못내 불안했다. 십 리는 족히 되는 먼 거리에 다리 예닐곱 개를 건너야 하는데, 달빛도 없어 더 위험했다. 두 아이는 찍소리도 내지 못하고 문 뒤에 숨어 조용히 할머니를 지켜봤다.

"너희들 할미 말 잘 들어라. 집에 가만히 있어야 해."

이렇게 말하고 할머니는 땔나무를 주우러 나갔다. 다오후는 문밖으로 뛰어나가 할머니가 멀리 간 것을 확인하고 재빨리 돌아와 손을 흔들며 란란을 불렀다.

“빨리 가자.”

“할머니한테 혼나면 어떡해.”

“난 하나도 안 무서워.”

물론 란란도 무섭지 않았다. 두 아이는 손을 잡고 펑 강변을 따라 달리기 시작했다. 아직 해가 완전히 저물지 않았지만 서쪽 나뭇가지 끝에 걸려 간당간당했다. 다오후가 강가에 떠 있는 작은 배를 발견하고 발걸음을 멈췄다.

“걸어가려면 십 리인데, 그게 ……”

다오후는 아득히 먼 강 끄트머리를 가리켰다.

“딩쫭까지 물길로 가면 금방이거든. 저기, 저 끝이야. 예전에 배를 타고 간 적이 있어. 마씨네 셋째 아저씨가 배를 젓고, 난 할머니 심부름으로 아저씨를 따라가서 새끼오리를 사 왔지. 가다가 아저씨가 담배를 피울 때, 내가 대신 노를 저었어.”

펑린두 아이들은 어려서부터 삿대질*이나 노질*을 배웠다. 다오후는 손이 여물어서 삿대질과 노질 모두 잘했다. 배 위에는 마침 긴 대나무 삿대가 놓여 있었다. 다오후는 주변에 사람이 없는지 둘러보고 말했다.

---

* 삿대 : 배를 물가에서 떼거나 물가로 댈 때 또는 물이 얕은 곳에서 깊은 곳으로 갈 때 쓰는 긴 막대
* 노 : 물을 헤쳐 배를 나아가게 하는 기구

"우리, 배 타고 가자."

란란은 다오후 말이라면 뭐든지 따랐다.

"가자, 배 타러."

다오후는 먼저 강둑을 내려갔다. 란란도 곧바로 따라 내려갔다. 다오후는 먼저 배에 올라탄 후, 손을 뻗어 조심스럽게 란란을 끌어당겼다. 란란을 안전하게 자리에 앉히고 대나무 삿대를 강바닥에 꽂았다. 삿대를 잡고 엉덩이를 뒤로 쭉 빼자, 배가 강둑에서 강 한가운데로 움직였다.

이제 해는 서쪽 갈대숲 너머로 완전히 사라졌다. 사방이 어두워지고 하늘을 날던 새들도 보이지 않을 즈음, 어렴풋이 강변 마을 딩쫭이 눈에 들어오고 요란한 징과 북소리가 들려왔다.

"거의 다 왔어."

다오후는 삿대질을 하느라 흘린 땀을 닦고 가쁜 숨을 몰아쉬며 외쳤다. 흥분한 란란이 일어서려 하자, 다오후가 급한 마음에 "앉아." 하고 버럭 소리를 질렀다

다오후는 배를 타고 오는 내내 란란에게 뭐든 조심하고 오빠옆에 바짝 붙어 있어야 한다고 신신당부했다. 란란은 다오후 말을 들으면서 계속 고개를 끄덕였다. 란란은 멀리 불빛이 보일 때마다 살짝 고개만 돌렸을 뿐, 꼼짝 않고 얌전히 앉아 있었다.

드디어 딩쫭에 도착했다. 딩쫭은 이미 북적이는 인파와 요란한 북소리로 정신없이 복잡하고 시끄러웠다. 분위기를 보아 하니, 서커스 공연이 곧 시작될 것 같았다. 다오후는 서둘러 강둑에 배를 대고, 커다란 버드나무에 밧줄을 연결해 단단히 묶었다. 일단 란란을 배 옆에서 기다리게 하고 대나무 삿대를 근처 갈대 숲에 숨겼다. 누군가 삿대를 발견하면 배를 훔쳐 갈지도 모르기 때문에 보이지 않게 잘 숨겨야 했다. 다오후는 만에 하나까지 대비한 후 란란을 데리고 강둑을 올라갔다.

두 아이는 손을 꼭 잡고 공연장 쪽으로 달려갔다. 화려한 등불에 둘러싸인 공연장 바깥에는 마름 열매, 알땅콩, 과일 사탕 등 간식거리를 파는 장사꾼들이 즐비했다. 아이들 여럿이 등불 아래 모여 군것질거리를 사 먹고 있었다. 다오후는 란란에게 뭐라도 사 주고 싶었다. 그러나 주머니를 샅샅이 뒤진 끝에 나온 돈은 겨우 1펀*짜리 동전 한 개였다. 다오후는 등불 아래로 비집고 들어가 과일맛 사탕 한 개를 사 와 란란 손에 쥐여 줬다. 란란은 사탕 알맹이를 윗니와 아랫니 사이에 살짝 얹었다가 세게 깨물었다. 사탕이 두 조각으로 갈라졌다. 다오후가 사양했지만 란란은 아랑곳하지 않고 까치발을 들어 다오후 입에 사탕 반쪽

---

* 중국돈 1위안의 1/100. 당시의 가치로 따져 우리 돈 10원 정도.

을 밀어 넣었다.

서커스를 보러 온 사람이 너무 많았고 좋은 자리는 이미 남아
있지 않았다. 늦게 도착한 탓에 두 아이 눈에 보이는 것은 어른
들 엉덩이뿐이었다. 몸집이 작은 아이들 몇몇이 인파를 뚫어 보
려 했지만 어른들이 철벽처럼 꿈쩍도 하지 않아 도저히 안으로
들어갈 수 없었다. 어떤 아저씨는 그런 아이들을 보고 약 올리
듯 농담을 던졌다.

"너희들은 방귀나 먹어라."

다오후와 란란은 서커스장 주변을 한참 돌아다녔지만, 무대가
보이는 자리를 도저히 찾을 수 없었다. 곧 서커스가 시작될 분위
기라 두 아이는 초조했다.

그때 다오후가 갑자기 걸음을 멈췄다. 그리고 5~6미터 떨어
진 곳에 우뚝 서 있는 커다란 나무를 뚫어지게 쳐다봤다. 다오
후가 눈빛을 반짝이며 란란의 손을 잡고 나무 아래로 뛰어갔다.
다오후는 나무를 올려다보며 자신 있는 표정으로 씩 웃었다. 손
바닥에 침을 뱉고 나무줄기에 착 달라붙더니 눈 깜짝할 새에 후
다닥 기어올라 갔다. 나무 위에서 잠시 두리번거린 후, 안전하
게 앉을 수 있는 자리를 찾아냈다. 나뭇가지 세 개가 교차하면
서 팔걸이와 등받이가 달린 의자처럼 생긴 자리였다. 다오후는

자리가 안전한지, 서커스 무대가 잘 보이는지 직접 앉아 확인했다. 모든 것이 완벽했다. 곧바로 나뭇가지에 다리를 엇갈려 걸고 머리가 아래로 향하도록 몸을 늘어뜨려 란란을 향해 손을 뻗었다. 하지만 란란은 선뜻 그 손을 잡지 못했다. 다오후가 괜찮다며 계속 재촉했지만 소용없었다. 옆에서 줄곧 두 아이를 지켜보던 한 아저씨가 란란 옆에 다가왔다.

"애야, 오빠 말 들어. 괜찮아. 별거 아니야."

아저씨가 들어 올리고 다오후가 힘껏 끌어 올린 덕분에 란란은 높은 나무 위 '특별석'에 무사히 안착했다. 란란이 즐겁게 서커스를 보는 동안, 다오후는 그 옆에 바짝 붙어 앉아 동생을 지켜봤다. 다오후의 엉덩이는 그다지 튼튼해 보이지 않는 나뭇가지에 살짝 걸쳐 있었다.

서커스는 늦은 밤이 되서야 끝났다. 다오후는 갈대숲에서 삿대를 찾은 후, 란란을 배에 태웠다. 서커스를 보러 온 사람들은 거의 다 돌아갔고, 함께 온 친구나 아이를 부르는 소리가 가끔씩 희미하게 들려왔다.

매우 어두웠기 때문에 다오후는 감으로 방향을 잡아 배를 출발시켰다. 배가 강둑에서 멀어질수록 어둠은 더욱 짙어져서 한 배에 타고 있지만 서로가 보이지 않았다. 오직 배가 물살을 가르는 소리만 들릴 뿐이었다. 너무 적막하고 무료했다. 서커스의 감동은 사라지고 아무것도 보이지 않는 짙은 어둠에 둘러싸이자 란란은 몸이 부르르 떨렸다. 덜컥 겁이 나서 오빠를 불렀다.

"나 여기 있어, 지금 배를 젓고 있잖아."

"오빠, 나, 무서워."

"무섭긴 뭐가 무서워, 오빠가 여기 있는데. 걱정 마. 펑린두까지 금방이야."

잠시 조용히 있던 란란이 다시 보챘다.

"오빠, 그래도 무서워⋯⋯."

다오후는 삿대를 꼭 쥐고 조심조심 란란에게 다가가 손을 잡았다. 그리고 삿대를 젓는 자리 가까이로 란란을 데려와 안전하게 앉혔다. 사실 다오후도 조금 무서웠다. 칠흑 같은 어둠 한가운데 서 있자니 심장이 두근거렸다. 이번에는 다오후가 소리쳤다.

"란란."

"오빠, 나 여기 있어."

란란도 부러 크게 대답했다. 다오후가 뜬금없이 노래를 부르기 시작했다. 목소리가 떨리고 음정이 하나도 안 맞았다.

해가 서쪽에서 떠서 동쪽으로 지고,

당근에 싹이 나서 파가 되네.

구름은 없는데 비가 내리고,

나뭇가지는 흔들리지 않는데 큰 바람이 부네.

펄펄 끓는 기름 솥에서 물고기가 헤엄치고,

높은 산 정상에서 배를 젓네.

망망대해에 불이 나서,

용왕님 수정궁이 불타 버렸네.

메뚜기가 새끼 당나귀를 밟아 죽이고,

참새가 독수리를 싸워 죽였네.

토끼가 늑대를 물어 죽이고,

쥐새끼가 구멍으로 도망치려는 고양이를 낚아챘네.

새벽을 알리는 수탉이 알을 낳고

계란 노른자에 못처럼 단단한 뼈가 자랐네.

병아리가 족제비를 먹고,

청개구리가 독사를 집어삼키네.

엄마가 이걸 보고 무서워서

콧수염을 세우고 소리쳤다네.

란란이 까르르 웃어 댔다. 노래가 끝나자 한 번 더 불러 달라
며 오빠를 졸랐다.

"오빠, 또 불러 줘. 한 번 더."

다오후는 쉬지 않고 계속 노래를 불렀다. 하지만 가사가 생각
나지 않고 노를 젓느라 힘이 들어 노래 소리는 금방 끊겼다. 이
제 다시 물소리만 남았다. 바람이 세게 불었다. 밤바람, 더구나
강가의 밤바람이다. 서늘한 기운이 온몸을 파고들었다. 해가 지
기 전에 집을 나오는 바람에 옷을 많이 챙겨 입지 않았다. 다오
후는 온 힘을 다해 삿대질하느라 추위를 느끼지 않았지만 꼼짝
않고 앉아 있는 란란은 몸이 오들오들 떨리고 점점 움츠러들었
다. 참다못해 다시 오빠를 불렀다.

"오빠, 나 너무 추워……."

다오후는 당장 삿대를 내려놓고 제 옷을 벗어 란란 몸에 걸쳐
줬다. 그때 갑자기 강한 바람이 불어와 강물이 크게 출렁였다.
작은 배라 더 크게 흔들렸다. 다오후는 얼른 란란을 꼭 붙잡았
다. 란란이 강물에 떨어지지 않을까, 다오후는 온통 란란 걱정
뿐이었다. 강물이 잠잠해지자 란란을 뱃간*에 데려가 앉혔다.

"여기 뱃전*을 꼭 잡아."

다오후는 란란을 안전하게 앉힌 후 안심하며 다시 배를 움직

이려 했다. 그런데 삿대가 없었다. 조금 전 란란을 붙잡을 때 강물에 빠진 것 같았다. 다오후는 황급히 뱃전에 엎드려 양 손으로 강물을 휘휘 저었다. 하지만 손에 닿는 것은 강물뿐이었다. 너무 어두워 아무것도 보이지 않았다. 정말 큰일이었다. 어떻게 해야 할지 몰라 배 위에 주저앉았다. 금방 울음이 터질 것 같았다. 그 순간 갑자기 번개가 번쩍하더니 먹구름이 몰려왔다. 날씨가 갑자기 돌변했다. 다오후는 란란을 안심시키려 쉬지 않고 말했다.

"란란, 걱정 마. 무서워할 것 없어."

다오후는 배 뒤편으로 기어갔다. 배 끄트머리에 걸쳐 앉아 배 밖으로 양다리를 늘어뜨렸다. 계속 발을 파닥거리며 강물을 밀어내자 작은 배가 조금씩 움직였다. 찰랑찰랑 강물 걷어차는 소리만 들렸다. 곧 비가 내리기 시작했다. 큰 비는 아니었지만 두 아이에게 두려움을 주기에는 충분했다.

'작은 배는 가라앉지 않아.'

다오후는 마음속으로 자신을 다독이며 더욱 힘껏 강물을 밀어냈다. 하지만 배는 아주 느렸다. 다오후는 비가 많이 내리기 전에 빨리 배를 강둑에 대야겠다고 생각했다.

뱃간 : 배 안에 사람이나 짐을 싣기 위해 만든 칸
뱃전 : 배의 양쪽 가장자리 부분

"오빠, 물."

란란이 다급하게 소리쳤다. 뱃간에 벌써 물이 고이기 시작했다. 다오후는 배 안에 작은 물통이 있다는 사실을 생각해 냈다. 재빨리 납작 엎드려 어둠 속에서 배 위 이곳저곳을 더듬었다. 그리고 작은 물통을 찾아내 란란에게 건넸다.

"란란, 이 물통으로 고인 물을 퍼내. 우리 배는 절대 가라앉지 않을 거야."

다오후는 어둠 속에서 손을 더듬으며 어떻게 물을 퍼내야 하는지 란란에게 차근차근 설명했다. 란란은 무서웠지만, '꼭 오빠를 도와야 해.'라고 생각하자 두려움이 사라졌다. 다오후는 뱃머리에 묶여 있는 밧줄을 찾아 제 몸에 묶고 란란에게 꼼짝 말고 뱃전을 꼭 붙잡고 있으라고 당부한 후 강물로 뛰어들었다. 빨리 배를 강둑으로 끌고 가야 한다는 생각뿐이었다. 다오후는 오로지 감에 의지해 강둑 방향으로 헤엄쳐 갔다.

시간이 얼마나 흘렀을까? 손전등을 들고 강가를 돌아다니던 펑린두 주민이 강둑 가까이에서 흔들거리는 작은 배를 발견했다. 빗줄기는 많이 약해졌다. 작은 배는 물결을 따라 흔들거릴 뿐 계속 제자리에 있었다. 사람들은 큰 배 두 척에 나눠 타고 작은 배 쪽으로 다가갔다.

밤새도록 두 아이를 찾아 헤맨 주민들이 강둑으로 모여들었다. 그중에는 울다가, 울다가 목이 쉬어 버린 할머니가 두 아주머니의 부축을 받으며 서 있었다.

사람들이 아이들을 발견했을 때, 란란은 뱃간에 잠들어 있었다. 두 손으로 작은 물통을 꼭 쥔 란란의 다리 밑에 물이 얕게 고여 찰랑거리고 있었다. 다오후는 다행히 강물 위에 떠 있었다. 조금 전 힘이 빠져 더 이상 헤엄칠 수 없다고 느낀 순간, 마지막으로 젖 먹던 힘을 다해 물속에서 몸을 회전시켰다. 뱃머리와 연결된 밧줄이 짧아지도록 몸에 휘감은 것이었다. 짧아진 밧줄이 다오후를 강물 위로 끌어 올린 덕분에 무사할 수 있었다.

15

자동차가 커브를 돌아 넓은 도로에 진입했다. 엄마는 잡화점을 발견하자 리씨 아저씨에게 잠깐 차를 세워 달라고 했다.

"음료수 좀 사 올게."

엄마가 차 문을 열고 내렸다. 그 순간, 란란이 눈물을 훔치고 재빨리 차에서 내려, 차 뒤로 몸을 숨겼다. 도로 건너편 정류장에 버스 한 대가 서 있었다. 란란은 쏜살같이 달려가 문이 닫히기 직전 아슬아슬하게 버스에 올라탔다. 음료수를 사 들고 돌아온 엄마는 란란이 사라진 것을 알고 사방으로 소리를 질렀다.

"란란."

하지만 란란이 탄 버스는 이미 멀어진 뒤였다. 란란은 버스를 한 번 갈아타고 집에 도착했다. 할머니가 깜짝 놀라 물었다.

"란란, 어떻게 된 거니? 왜 돌아왔어?"

란란은 할머니의 질문보다 다오후가 중요했다.

"할머니, 오빠는?"

"공동 마당 아이들이 찾아와서 놀러 나갔어."

란란은 쌩하고 돌아서서 공동 마당으로 달려갔다.

자신감 넘치는 퉁퉁은 늘 가슴을 활짝 펴고 고개를 한껏 쳐들고 당당하게 걸었다. 한번은 그렇게 걷다가 까딱하면 차에 치일 뻔한 일도 있었다. 옆에 같이 걷던 할머니는 소스라치게 놀라 퉁퉁을 붙잡고 단단히 일렀다.

"이 녀석, 눈 좀 내리깔지 못하겠니? 하늘만 쳐다보고 걸으면 어쩌니?"

수업 시간에 선생님이 "이 문제의 답을 아는 사람 있니?" 하고 물으면, 생각할 것도 없이 가장 먼저 번쩍 손을 들며 외쳤다.

"저요."

하지만 문제와 전혀 상관없이 쓸데없는 헛소리를 한바탕 늘어놓을 때가 다반사였다. 또 반에서 편을 나눠 무언가를 할 때, 항상 대장을 자처했다. 자기가 다른 사람을 부려야 한다고 생각했기 때문이다. 그러나 반 친구들의 생각은 전혀 달랐다. 퉁퉁이 폼을 잡고 으스대면 모두들 슬금슬금 자리를 피했다. 사실 아이들은 마음속으로 퉁퉁을 무시했고, 퉁퉁 자신만 그 사실을 몰랐다.

'공동 마당 바보들, 나라고 대장이 하고 싶어서 하는 줄 알아!'

퉁퉁은 속으로 이렇게 생각할 뿐이었다.

외할머니는 그런 퉁퉁이 매우 걱정스러웠다. 그래서 몇 번 호되게 야단을 쳤지만, 영악한 퉁퉁은 엄마를 방패로 삼았다. 자식의 눈물에 약한 엄마의 약점을 최대한 이용했다. 외할머니가 혼을 내려고 하면 일부러 큰 소리로 울음을 터뜨렸다. 대부분 눈물 한 방울 나지 않는 거짓 울음이었지만, 엄마는 울음소리가 시작되자마자 달려와 퉁퉁을 감쌌다.

퉁퉁은 다오후도 제 마음대로 부리려고 했지만 매번 란란에게 저지당했다. 한번은 다 같이 놀다가 퉁퉁이 너무 덥다며 다오후에게 제 옷을 벗기라고 말했다. 그러자 란란이 퉁퉁을 매섭게 째려보더니 다오후 손을 잡고 다른 쪽으로 가 버렸다.

란란이 방학 숙제를 제출하러 학교에 갔다. 란란이 집을 비우자 퉁퉁이 밖에서 "다오후." 하고 불렀다. 퉁퉁은 다오후를 형이라고 부르지도 않았다. 다오후는 란란이 집에 없을 때면 할머니 방에서 거의 나오지 않았다. 방에서 꽁지랑 놀거나 란란이 준 동화책을 읽으며 시간을 보냈다. 그동안 다오후는 할머니에게 펑린두에 돌아가겠다고 몇 번이나 말했다. 그러나 할머니는 매번 며칠만 더 있으라며 다오후를 달랬다. 퉁퉁이 계속 불러 대자 다오후는 마지못해 동화책을 내려놓고 밖으로 나갔다.

"우리 소년장기 두자. 좋지?"

다오후는 고개를 저으며 말했다.

"둘 줄 몰라."

퉁퉁은 다오후가 장기를 못 둔다는 사실을 알고 있었다. 비웃고 무시하려고 일부러 물어본 것이었다.

퉁퉁이 다오후를 힐끗 쳐다보며 말했다.

"좋아, 내가 가르쳐 줄게."

다오후가 고개를 끄덕였다. 퉁퉁은 장기 알을 판 위에 올려놓고 아주 선심 쓰듯 말했다.

"너 먼저 해."

다오후는 퉁퉁이 워낙 자신만만한 표정을 지어서 장기를 잘 두는 줄 알았다. 하지만 퉁퉁은 다오후 상대가 되지 못했다. 다오후는 말수는 적지만 영리한 소년이었다. 두세 번 장기 알을 움직이더니 '폭탄'으로 퉁퉁의 '대사령'을 날려 버렸다. 다시 두세 수만에 퉁퉁의 장기 알을 거의 다 쓸어버리고 '공병'으로 '깃발'을 낚아챘다.

그때 할머니 목소리가 들렸다.

"다오후, 이리 와서 빨래 너는 것 좀 도와주렴."

다오후가 일어서려 하자 퉁퉁이 고집을 부리며 보내 주지 않았다.

"다시 해."

다오후는 어쩔 수 없이 다시 앉았다. 하지만 이번에도 다오후의 '대사령'이 종횡무진하며 퉁퉁의 '깃발'을 뺏었다. 퉁퉁은 얼굴이 시뻘겋게 달아오르고 목에 핏대를 세우며 뭐라고 소리쳤다. 당장이라도 다오후에게 달려들 기세였다.

"난 그만할래."

다오후는, 장기 실력도 형편없고 졌다고 억지까지 부리는 퉁퉁과 계속 장기를 둘 생각이 없었다. 다오후가 돌아서려는데 퉁퉁이 갑자기 달려들어 길을 막았다. 다오후는 한숨을 쉬며 다시 앉았다.

"이번엔 내가 '대사령'을 떼고 둘게."

"싫어."

다오후는 침착하게 다른 방법을 제안해 한 번 더 퉁퉁과 장기를 뒀다. 이번에도 퉁퉁이 졌다. 그것도 아주 처참한 패배였다.

"다시 해."

퉁퉁이 소리를 질렀다. 다오후는 퉁퉁이 하자는 대로 할 수밖에 없었다. 또다시 내리 세 판을 진 퉁퉁이 느닷없이 다오후의 '대사령'을 집어 던졌다. 다오후는 아랑곳하지 않고 게임에 집중해 '대사령'이 없는 상태에서 또 이겼다. 다오후 얼굴에 미소가 번졌다. 퉁퉁은 굴욕을 참지 못해 장기판을 마구 휘저었다. 장기 알이 후드득 바닥으로 떨어졌다.

퉁퉁은 속으로 생각했다.

'다오후 따위가 어떻게 나를 이길 수 있어? 어떻게 내가 다오후 따위한테 질 수 있어. 난 퉁퉁이야, 퉁퉁이라고.'

다오후는 너무 황당했다. 퉁퉁이 왜 화를 내는지, 자기가 뭘 잘못했는지 도저히 알 수가 없었다. 그때 할머니가 또 다오후를 불렀다. 다오후가 잘됐다 싶어 얼른 자리를 피하려는데 퉁퉁이 또 가로막았다.

"장기 알 주워."

다오후는 퉁퉁이 화내는 이유를 알 수 없었지만 일단 허리를 굽혀 장기 알을 주워 통에 담기 시작했다. 책상 밑으로 굴러 간 장기 알을 주우려고 바닥에 납작 엎드려 한참 동안 끙끙거렸다. 장기 알을 다 줍고 나니 온몸이 땀에 흠뻑 젖었다. 하지만 퉁퉁은 계속 다오후를 놓아주지 않았다.

"할머니가 부르시잖아. 가서 도와드려야 해."

"난 블록을 잘하는데, 너 할 수 있어?"

다오후는 사실대로 순순히 인정했다.

"못 해."

퉁퉁은 다시 우쭐댔다.

"내가 하는 거 잘 봐."

재빨리 블록 상자를 가져와 다오후에게 들이밀며 소리쳤다.

"빨간색 삼각형 내놔."

다오후는 블록상자를 한참 뒤진 후에야 빨간색 삼각형 블록을 찾아 바로 퉁퉁에게 건넸다. 퉁퉁은 블록을 받아들고 신나게 비웃었다.

"진짜 멍청한 거 아냐! 내가 말한 건 큰 빨간색 삼각형이야."

이 말과 함께 작은 빨간색 삼각형 블록을 다오후에게 내던졌다. 다오후는 한마디 대꾸도 하지 않고 다시 큰 빨간색 삼각형 블록을 찾아 건넸다.

"노란색 삼각형."

퉁퉁은 다오후에게 손을 내밀고 삐딱한 고갯짓에 거만한 표정으로 방금 자기가 만든 블록 궁전을 흐뭇하게 바라봤다.

'흥, 블록 따위 누가 못 해. 아무나 다 하는 거지.'

다오후는 노란색 삼각형 블록을 찾아 퉁퉁의 손에 올려놓았다.

"난 작은 삼각형이 필요하다고. 그것도 몰라?"

퉁퉁은 궁전에 시선을 고정시킨 채 다오후가 건네준 블록을 집어 던졌다. 하필 삼각형 블록의 뾰족한 모서리가 정확하게 다오후 이마를 강타했고, 그 자리에서 피가 흘러내렸다.

"빨리 줘."

퉁퉁은 짜증 섞인 말투로 재촉했다. 다오후는 손으로 이마를 감싸 쥐고 꼼짝도 하지 않았다. 퉁퉁이 고개를 돌리며 화를 냈다.

"내 말 안 들려, 귀머거리야!"

다오후가 눈을 동그랗게 치켜뜨며 퉁퉁을 노려봤다.

"저 노란색 삼각형 블록 주워. 네가 못 받고 떨어뜨렸잖아."

다오후는 거들떠보지 않고 돌아섰다.

그러자 퉁퉁이 고함을 질렀다.

"꺼져, 나가."

"네가 나가."

이번에는 다오후도 지지 않고 대꾸했다. 퉁퉁이 고개를 쳐들고 말했다.

"여긴 우리 집이야."

"여긴 란란네 집이야."

퉁퉁은 고개를 흔들며 대꾸했다.

"란란은 우리 누나야."

다오후는 도톰한 입술을 잘근잘근 깨물며 고개를 숙이고 돌아섰다. 퉁퉁은 더욱 기고만장해졌다.

"하하하."

다오후는 저도 모르게 주먹에 힘이 들어갔다.

"네가 입고 있는 옷도 우리 엄마가 사 준 거야. 알지!"

다오후가 씩씩거리며 퉁퉁을 노려봤다. 더는 참을 수 없었다. 당장 입고 있던 옷을 벗어 던지고 책상 앞으로 달려가 그 위에 널린 블록을 전부 쓸어 버렸다. 그리고 싸움소처럼 머리를 앞으로 내밀고 두 다리를 넓게 벌려 선 채 주먹을 꽉 쥐고 무섭게 퉁퉁을 노려봤다.

먼저 달려들어 상대방의 팔을 깨문 쪽은 퉁퉁이었다. 다오후는 이를 악물고 아픔을 참으며 힘껏 주먹을 휘둘러 퉁퉁을 때려 눕혔다. 퉁퉁도 죽을힘을 다해 다오후 다리에 매달렸다. 두 아이는 한데 뒤엉켜 싸우기 시작했다. 그러는 동안 의자가 나자빠지고 전기스탠드가 넘어지면서 거실이 난장판이 됐다. 더 많이 얻어맞는 쪽은 당연히 퉁퉁이었다. 하지만 고집 센 퉁퉁은 죽어도 다오후를 놓아 주지 않고 끈질기게 매달렸다.

그때 찰칵 문이 열렸다. 엄마가 차가운 표정으로 서 있었다. 퉁퉁은 엄마를 보자마자 그대로 바닥에 드러누워 발버둥을 치며 울음을 터뜨렸다. 엄마는 퉁퉁을 일으켜 세우다가 귓불에 난 손톱자국을 발견하고 홱 고개를 돌리며 다오후에게 소리 질렀다.

"왜 동생을 때렸니?"

다오후는 흐르는 눈물을 참으려고 고개를 쳐들 뿐 대답하지 않았다.

"퉁퉁은 동생이야. 넌 형이고 몸집도 어른처럼 큰데 어떻게 이렇게 작은 동생을 때릴 수 있니!"

이내 달려온 할머니가 다오후를 끌고 가며 꾸짖었다.

"어쩌자고 퉁퉁을 때렸니!"

뒤에서 퉁퉁이 팔짝팔짝 뛰며 소리쳤다.

"뻔뻔한 놈, 얌체 같은 놈."

다오후는 할머니 방에 들어가자마자 벽을 보고 서서 엉엉 울었다. 한바탕 울고 나더니 휙 돌아서서 펑린두에서 입고 온 옷을 입고 밖으로 나갔다. 할머니가 당황하며 물었다.

"다오후, 어딜 가려는 거니?"

"집에 갈 거예요."

할머니는 깜짝 놀라 다오후를 붙잡았다.

"이틀만 더 있다 가렴, 응! 할미 말 들어."

다오후는 거칠게 할머니 손을 뿌리치고 문밖으로 뛰어나갔다. 할머니가 종종걸음으로 뒤쫓아 나가며 손자를 불렀다.

"다오후, 다오후."

꽁지도 야옹야옹 울며 다오후를 쫓아갔다. 다오후는 잠깐 멈춰 꽁지를 품에 안고 뒤도 보지 않고 뛰어갔다. 엄마도 마당으로 뛰어나갔다. 퉁퉁은 울음을 그쳤다. 다오후가 대문 밖으로 사라진 후, 할머니는 대문 앞에 주저앉아 하염없이 다오후 이름을 불렀다.

다오후는 딱 한 번 고개를 돌려 할머니를 본 후, 다시 앞으로 달려가 붐비는 버스에 올라탔다. 며칠 전부터 떠날 마음을 먹었던 터라 준비한 돈이 있었다. 그런데 딱 한 가지, 란란에게 인사

하지 못한 것이 마음에 걸렸다. 다오후는 버스 창문에 매달려 멀어지는 할머니를 바라봤다.

이날 외할머니가 평소보다 일찍 귀가했다. 지난 일요일부터 계속 바빴는데, 이날은 오전 업무만 마치고 퇴근했다. 오후에 란란, 할머니, 다오후와 함께 동물원에 가기로 했기 때문이다. 외할머니도 도시에 돌아온 후, 한 번도 나들이를 가지 못했기 때문에 일부러 시간을 낸 것이었다. 외할머니가 기분 좋게 외쳤다.

"다오후, 우리 동물원 가자."

집 안이 쥐 죽은 듯 고요했다. 외할머니는 이상한 분위기를 감지하고 집 안을 둘러봤다. 퉁퉁은 거실 한 편에 서서 고개를 숙인 채 외할머니를 힐끗거렸고, 엄마는 화난 표정으로 소파에 비스듬히 걸터앉아 있었다. 얼마 전 엄마가 다오후에게 사 준 옷이 거실 바닥에 널브러져 있었다. 굳이 묻지 않아도 무슨 일이 있었는지 알 것 같았다. 외할머니는 조용히 소파에 앉았다. 그리고 한참 후에야 입을 뗐다.

"어떻게 된 거니?"

엄마는 대답하지 않았다.

"무슨 일이 있었던 거니? 왜 다들 꿀 먹은 벙어리야!"

외할머니가 목소리를 높이며 다그쳤다. 퉁퉁은 무서운 외할머니를 피해 언제나 제 편인 엄마 옆으로 슬금슬금 다가갔다. 그런데 뜻밖에도 엄마가 퉁퉁의 뺨을 후려쳤다.

"꼴 보기 싫으니 꺼져. 나가 죽어 버려."

퉁퉁은 얼얼한 뺨을 감싸 쥐고 얼빠진 표정으로 엄마를 쳐다봤다. 금세 눈물이 주르륵 흘렀다. 하지만 감히 울음소리는 내지 못했다. 엄마는 퉁퉁이 울자 마음이 더 심란해져 벌떡 일어나 퉁퉁을 발로 찼다. 퉁퉁은 참다못해 바닥에 드러누워 발버둥치며 큰 소리로 울었다. 당장 달려온 할머니가 쪼그려 앉아 퉁퉁을 붙잡고 달랬다.

"그래, 그래, 우리 퉁퉁, 착하지. 울지 마라."

"형님, 그냥 두세요."

외할머니가 할머니를 일으켜 세웠다. 그때 란란이 돌아왔다. 가만히 집 안을 둘러보다가 불안한 표정으로 물었다.

"오빠는?"

아무도 대답하지 못했다.

"오빠는, 오빠는?"

란란은 다급하게 다오후를 부르며 이 방 저 방 찾아다녔다. 그리고 다시 거실로 돌아와 크게 소리 질렀다.

"오빠 어디 있어요? 말 좀 해요."

할머니가 떠듬떠듬 대답했다.

"그게……, 펑린두로 돌아갔어."

란란은 입술을 깨물며 무섭게 퉁퉁을 노려보더니 갑자기 와락 달려들었다. 할머니가 란란을 붙잡으며 달랬다.

"란란, 다오후는 제가 가고 싶어서 간 거야."

란란이 세차게 고개를 저었다.

"아니야, 아니야."

란란이 다시 죽기 살기로 퉁퉁에게 달려들었다. 할머니가 필사적으로 란란을 붙잡았다.

"란란, 착한 우리 란란. 할미 말 들으렴."

란란은 발을 동동 구르며 소리쳤다.

"오빠 데려와. 오빠 데려와."

이때 야옹야옹 소리가 들리더니 엄마 가방에서 고양이 한 마리가 튀어나왔다. 눈처럼 새하얀 귀여운 것이 꽁지를 대신하여 란란에게 주려고 엄마가 사 온 고양이였다. 엄마는 못생긴 꽁지가 너무 싫었을 뿐 아니라 집에 오는 손님들마다 꽁지를 보고 한 마디씩 했기 때문이다.

"이거 도둑 고양이 아니야! 란란이 고양이를 좋아하는데 예쁜 걸로 하나 사 주지 그래!"

사람들이 꽁지를 보며 하던 말이 늘 거슬렸다.

란란은 하얀 고양이를 보는 순간 너무 화가 나 머리카락이 쭈뼛했다. 할머니 손을 뿌리치고 거실 구석으로 달려가 큰 옷걸이를 들고 와 고양이에게 휘둘렀다. 작은 체구에서 어떻게 그런 힘이 나왔는지 모를 일이었다. 하얀 고양이가 현관 쪽으로 도망쳤다. 란란은 끝까지 따라가 대문 밖으로 완전히 쫓아 버렸다. 대문을 닫고 돌아서는데 꽁지가 보였다. 마당 한구석에 웅크리고 앉아 눈알을 떼굴떼굴 굴리며 애처롭게 란란을 쳐다봤다. 란란은 얼른 옷걸이를 내려놓고 달려갔다.

그런데 꽁지가 어떻게 돌아왔을까? 다오후는 버스를 타고 가면서 란란에게 작별 인사를 못하고 떠난 것이 계속 마음에 걸렸다. 그러다 문득 란란이 아끼는 꽁지가 제 품에 안겨 있다는 사실을 깨닫고 곧바로 집으로 돌아왔다. 마침 집 근처에서 샤오위를 만나 란란에게 꽁지를 돌려주라고 부탁했던 것이다.

란란은 꽁지를 품에 꼭 안았다. 그 순간 닭똥 같은 눈물이 뚝뚝 떨어져 보드라운 꽁지의 털을 적셨다. 할머니가 조용히 다가와 란란의 손을 잡고 방으로 들어갔다. 퉁퉁은 외할머니 눈치를 보면서 슬금슬금 뒷걸음치다가 쌩 도망쳤다.

16

외할머니는 소파에 앉아 생각에 잠겼다. 엄마에게는 눈길도 주지 않았다. 요즘 엄마에게 실망할 일이 많았는데, 또 이런 일이 생기고 말았다. 문득 얼마 전에 있었던 일이 떠올라 또 한 번 가슴이 미어졌다.

한 달 전 저녁 무렵, 란란이 대문을 닫으러 나갔다가 집 앞에 쓰러져 있는 낯선 할아버지를 발견한 일이 있었다. 할아버지 옆에는 옥수수가 가득 담긴 커다란 자루가 놓여 있었다. 할아버지는 입을 벌린 채 눈을 감고 있었다. 자세히 보니 금방이라도 숨이 넘어갈 듯 헐떡거렸다. 란란은 재빨리 집 안으로 뛰어 들어갔다.

"엄마, 대문 앞에 어떤 사람이, 아니 할아버지가 쓰러져 있어요."

엄마는 무표정한 얼굴로 퉁퉁에게 말했다.

"나가서 쫓아 버리렴."

방에서 서류를 보고 있던 외할머니가 이 말을 듣고 쫓아 나와 란란의 손을 잡고 서둘러 나가 보았다. 외할머니는 할아버지 이마를 만져 보더니 다급하게 소리쳤다.

"부축해서 데리고 들어가야겠다. 그냥 두면 큰일 나겠어."

어느 틈에 쫓아 나온 엄마가 외할머니 팔을 잡아끌며 말리려고 했다.

"엄마."

엄마는 할아버지를 힐끗 쳐다보더니 짜증을 내며 투덜거렸다.

"어휴, 진짜, 왜 하필 우리 집 앞에 쓰러졌대."

외할머니는 엄마 손을 뿌리치고 허리를 굽혀 할아버지를 살폈다.

"어르신, 어르신."

할아버지는 힘겹게 눈을 뜨고 신음하듯 중얼거렸다.

"당신들…… 날 쫓아내려는 거요! 난…… 난 옥…… 옥수수를 팔러 온 것뿐인데……. 난…… 움직일 수가 없어요…….."

외할머니가 눈짓하자 엄마는 마지못해 함께 할아버지를 부축했다. 할아버지는 집 안으로 들어서는 순간 토악질을 하더니 왈칵 토해 버렸다. 그 바람에 카펫이 엉망이 됐고 엄마 옷에도 토사물이 튀었다. 엄마 얼굴에 질색하는 표정이 그대로 드러났다. 할아버지가 미안해하며 계속 한숨을 내쉬자 외할머니가 애써 위로했다.

"괜찮아요. 괜찮아요."

엄마 대신 할머니가 할아버지를 부축해 소파에 앉혔다. 외할머니와 할머니는 할아버지가 기운을 차릴 때까지 보살폈다. 기운을 차린 할아버지가 떠나려 하자, 외할머니는 할머니에게 음식을 싸 주도록 부탁하고 대문까지 배웅했다. 외할머니가 돌아왔을 때, 할머니와 란란이 카펫을 청소하고 있었다. 란란은 평소보다 더 열심히 할머니를 돕고 있었는데 자기 때문에 이렇게됐다고 생각했다. 그래서 엄마 얼굴도 똑바로 쳐다보지 못했다. 그때 엄마가 카펫 청소할 물을 떠 오며 투덜거렸다.

"정말 못살아. 왜 쓸데없는 일을 만들어서……."

이 말에 외할머니는 불같이 화를 내며 엄마에게 버럭 소리를 질렀다.

"나는 시장이야. 시장이 시민을 돌보는 건 당연한 일이라고."

오늘도 한 달 전과 다를 것이 없었다. 외할머니는 다오후가 벗어 놓고 간 옷을 보고 있자니 점점 더 딸을 이해할 수가 없었다. 외할머니가 차가운 말투로 말문을 열었다.

"넌 그 애를 업신여겼어."

"전 한 번도 그런 적 없어요."

"결국 네가 그 애를 쫓아낸 거야."

외할머니는 손가락으로 창문을 가리키며 소리쳤다.

"퉁퉁과 싸우고 있어서, 전 그냥 한두 마디 한 것뿐이에요."

엄마가 변명을 늘어놓았다.

"퉁퉁도 그 애를 업신여겼겠지."

엄마는 홱 돌아앉았다. 손으로 턱을 괴고는 눈을 감아 버렸다.

"넌 입만 열면 애들을 교양 있게 키운다고 하는데, 네가 말하는 교양이 도대체 뭐니?"

"엄마는 알아요, 뭔데요? 말해 봐요."

엄마가 외할머니에게 고함치며 따져 물었다.

"그래, 말해 보자. 요 전날, 란란 할머니 혼자 힘드실 것 같아 내가 집안일 도울 사람을 구했지. 아주 성실한 시골 사람이었지. 그런데 넌, 계속 그 사람을 무시하고 싫은 티를 냈어. 결국 일주일도 지나지 않아 제 발로 나가게 만들었어."

엄마는 인정할 수 없었다.

"그건 나 때문이 아녜요. 리씨 아줌마 보세요. 우리 집에 얼마나 오래 있었는지 모르세요?"

"리씨가 사람이 좋아서 참고 견딘 거야. 네가 잘해 줘서 계속 우리 집에 있은 줄 아니! 세상에, 내가 낳은 자식이 이럴 줄은 정말 몰랐다. 사람을 그렇게나 차별하다니……."

"아뇨, 난 그런 적 없어요."

"네 진심, 진짜 속마음이 뭐였는지 잘 생각해 봐."

엄마가 더는 참지 못하고 눈물을 흘렸다.

"나한테 뭐라고 하지 마세요. 그러지 말라고요……."

엄마는 흐느끼면서 계속 말을 쏟아냈다.

"지난 몇 년 내가 얼마나 고통스러웠는지 모르세요? 얼마나 많은 걸 잃었는지 모르시냐고요! 나도 엄마의 따뜻한 사랑과 이해가 필요해요. 난, 난 엄마의 사랑이 절실해요. 하지만…… 난 엄마를 만족시킬 수가 없어요. 엄마는 툭하면 날 비난하고 꾸짖었어요. 내가 왜요. 뭘 잘못했는데요. 다오후는 제 발로 나갔어요. 내가 몽둥이를 휘두르면서 쫓아내기라도 했나요!"

엄마는 말할수록 감정이 북받쳐 올랐다. 어깨를 들썩이며 엉엉 울었다. 물론 외할머니도 엄마가 지난 몇 년간 얼마나 고생이 많았는지 누구보다 잘 알았다. 많은 사람들이 욕하고, 때리고, 침을 뱉어도 묵묵히 참아야 했다. 또 배고픔과 추위, 수많은 몸과 마음의 상처를 온몸으로 견뎌야 했다. 그리고 추위가 뼛속까지 파고드는 북쪽 산간 마을에서 남편을 저세상으로 떠나보냈다. 외할머니 역시 그 시절에 남편을 잃었으니 누구보다 엄마의 심정을 잘 알았다. 또한 엄마로서, 딸의 마음을 모를 리 없었다. 외할머니의 눈가가 촉촉해졌다. 사실 외할머니도 엄마를 비난하고 싶지 않았지만 속으로 생각했다.

'지금 더 말을 하면, 마음의 상처가 더 깊어지겠지. 하지만 세상에는 피할 수 없는, 꼭 하지 않으면 안 될 말도 있는 거야.'

엄마는 손수건으로 계속 눈물을 닦아 냈다. 외할머니는 고민 끝에 차분히 입을 열었다.

"네 아픔은 이해한다만, 그렇다고 네 잘못을 그냥 넘어갈 수는 없다. 이건 다른 문제니까."

엄마는 계속 상처받은 기억만 떠올리며 과거의 고통에 묶여 있기 때문에 현재 자신이 어떤 모습인지 똑바로 살피지 못했다.

할머니와 란란의 귀에도 엄마의 울음소리가 들렸다. 할머니는 계속 한숨을 내쉬었다. 그때 란란도 울음을 터뜨렸다. 란란의 울음소리는 점점 커졌다. 제 엄마와 누구 울음소리가 큰지 시합이라도 하는 것처럼. 온 가족이 각각 저만의 아픔을 안고 슬퍼했다.

란란은 며칠 동안 울음을 그치지 않았다. 너무 울어서 두 눈이 퉁퉁 부었다. 엄마는 란란이 병이라도 날까 봐 안절부절했다. 이리저리 달래 보았지만 소용없었다. 란란은 하염없이 울었다. 엄마가 달래려고 하면 오히려 더 서럽게 울었다.

시간이 지나면서 무겁게 가라앉았던 집 안 분위기가 조금씩 원래 모습을 되찾아 갔다. 할머니는 다시 집안일을 하느라 분주히 움직였고, 외할머니의 바쁜 일상도 여전했다. 퉁퉁도 한결같았다. 란란은 무표정한 얼굴로 온종일 입을 닫고 지냈다. 보기 좋게 발그레하고 윤기 나던 얼굴이 눈에 띄게 창백해졌다. 엄마는 어떻게든 란란의 마음을 풀어 주고 싶었지만, 뜻대로 되지 않았다. 마침 란란의 생일이 다가오고 있었다.

'좋은 기회야. 근사한 생일잔치를 열어서 란란을 기쁘게 해 줘야지.'

엄마는 란란이 행복한 미소를 되찾길 바랐다. 란란이 집으로 돌아와 맞는 첫 번째 생일인 만큼 성대한 파티를 열어 주고 싶었다. 그래서 친구들을 최대한 많이 초대했다. 할머니에게 넉넉히 돈을 건네며 잔치 음식을 준비해 달라고 부탁했다. 특별히 사탕과 절임 과일 등 비싼 간식거리도 주문했다. 온종일 고급 옷가게를 돌아다닌 끝에 란란에게 입힐 예쁜 파티복도 준비했다.

드디어 란란의 생일날. 할머니, 엄마, 특별히 하루 고용한 요리사까지 이른 아침부터 분주히 움직였다. 새하얀 식탁보를 깐 커다란 원형 식탁을 거실에 여러 개 세웠다. 식탁에 놓인 각종 술병과 투명한 유리 술잔이 커다란 거실 창문으로 쏟아지는 햇살을 받아 반짝반짝 눈부시게 빛났다. 모든 준비가 완벽했다. 이제 손님들이 도착하길 기다리기만 하면 됐다.

할머니는 거실 풍경이 너무 화려해 눈을 제대로 뜰 수도 없었다. 평생을 살아오면서 이렇게 성대한 생일잔치는 처음이었다. 엄마는 란란에게 파티복을 입혀 주며 신신당부했다.

"란란, 오늘은 네 생일이야. 그러니 제발 즐겁게 보내자. 알겠지!"

할머니도 아침 일찍 란란을 불러 부드러운 말투로 타일렀다.

"오늘은 착하게 굴어야 한다. 엄마 말씀 잘 듣고."

란란은 억지로 고개를 끄덕였다.

거실 괘종시계가 열 시를 알렸다. 곧 손님들이 도착할 시간이었다. 순간, 엄마는 갑자기 알 수 없는 불안감에 휩싸였다. 소파에서 벌떡 일어나 창문 쪽으로 걸어갔다가, 금방 몸을 돌려 다시 소파로 돌아와 앉았다. 마음속에 커다란 돌덩이가 얹혀 있는 것처럼 답답했다.

그때 할머니가 음식을 담은 쟁반을 들고 왔다. 엄마는 소파에 앉아 말없이 할머니를 위아래로 훑어봤다. 할머니는 각별히 신경 써서 차려입었지만 엄마 눈에는 만족스럽지 않았다. 주름이 자글자글하고 축 늘어진 얼굴이 꼭 묵은 호두 같다고 생각했다. 생기라고는 찾아볼 수 없는 작은 눈은 속눈썹까지 아래로 축 처져 늘 안개가 낀 것처럼 눈앞이 흐리멍덩했다. 어쩌면 평생 맑은 세상을 보지 못했는지도 몰랐다. 구부정한 조막손은 말라비틀어진 나무뿌리 같고, 등은 낙타처럼 굽어서 늘 앞으로 고꾸라질 것처럼 위태로웠다. 아무리 비싸고 좋은 옷도 할머니가 입으면 그 값어치를 못했다.

초대한 손님은 모두 대단한 사람들이었다. 외할머니 지인과 엄마 친구들인데 대부분 같은 부류 사람들로 아주 귀한 손님들이었다.

엄마는 할머니를 보면서 자기도 모르게 눈살을 찌푸렸다. 째깍째깍 시계 소리가 엄마를 더 초조하게 만들었다. 엄마는 지난번 뭐 이모가 할머니 음식을 보자마자 손도 안 대고 돌아간 일을 떠올렸다. 곧이어 이런저런 상상이 이어졌다. 손님들이 할머니를 보고 누구냐고 묻고, 엄마는 당황하고, 손님들은 이상한 표정을 지을 것이 뻔했다.

엄마는 벌떡 일어나 자기 방으로 들어갔다. 그리고 가방에서 영화표를 꺼내 부엌으로 향했다. 하지만 두세 걸음 가다가 멈춰 서서 망설였다. 외할머니의 화난 얼굴이 눈앞에 어른거렸다. 할머니는 부엌과 거실 사이를 분주히 오가며 구슬땀까지 흘리고 있었다. 할머니는 손녀가 생일을 맞이할 때마다 기쁘고 행복했다. 할머니가 부엌에서 나오는 순간, 엄마가 다가왔다.

"어머니……."

할머니가 멈춰 섰다.

"어머니, 이거 영화표예요. 시간이 얼마 안 남았어요. 어머니 영화 좋아하시잖아요."

할머니는 잠시 멍한 표정을 짓더니 고개를 저었다.

"한창 바쁜데, 나중에 보지 뭐."

"아뇨, 지금 가야 해요. 아주 재미있는 영화래요. 바쁜 건 신경 쓰지 마세요. 그래서 요리사를 부른 거 아니겠어요."

할머니는 엄마 눈을 빤히 쳐다보다가 부들부들 떨리는 손으로 앞치마를 만지작거렸다. 엄마가 할머니 표정을 읽고 금방 말을 바꿨다.

"그게……, 싫으시면 어쩔 수 없죠. 나중에 다 같이 가요."

할머니가 조용히 손을 뻗어 엄마 손에 있던 영화표를 낚아챘다. 그리고 앞치마를 풀며 밖으로 걸어 나갔다. 할머니의 눈은 생기를 잃었고 발걸음은 천근만근 무거웠다. 그때 대문 밖에서 자동차 소리가 들렸다. 곧이어 손님들이 하나둘 들어왔다.

할머니가 나가고, 엄마는 줄곧 마음이 편치 않았다. 손님들을 맞으면서 인사도 건성으로 하고, 계속 딴 데 정신을 팔고 있었다. 손님들이 거의 다 도착했는데 외할머니는 아직 보이지 않았다. 외할머니 손님이 많았기 때문에 외할머니 없이 파티를 시작할 수 없었다. 기다리다 못해 엄마가 전화를 걸었다.

"다들 엄마가 생일 케이크 사 오길 기다리고 있어요. 빨리 오세요. 손님들은 거의 다 오셨어요."

외할머니는 매우 바쁜 듯, 잠시 후에 가겠다며 급히 전화를 끊었다. 이때 란란이 등장했다. 손님들은 예쁘다, 똑똑하게 생겼다며 칭찬을 아끼지 않았다. 란란은 엄마에게 다가가 물었다.

"할머니는요?"

엄마는 사람들이 없는 쪽으로 란란을 데리고 가 나지막이 속삭였다.

"할머니는 영화 보러 가셨어."

"네, 왜요?"

란란은 눈을 동그랗게 뜨며 되물었다.

"아주 재미있는 영화인데 엄마 친구가 표를 줬거든. 정말 구하기 힘든 표야. 할머니가 고생이 많으셨으니 좀 쉬게 해 드려야지. 마침 할머니도 여러 번 가 본 가까운 영화관이야."

란란은 저도 모르게 입술을 깨물었다.

"자, 이제 손님들 있는 데로 가자."

란란은 눈을 부릅뜨고 엄마를 쏘아보더니 홱 돌아섰다. 손님들의 시선이 일제히 란란과 엄마에게 쏠렸다. 엄마는 어색하게 웃으며 손님들 쪽으로 걸어갔다.

란란은 할머니 방문을 열어젖혔다. 할머니는 보이지 않고 꽁지 혼자 외롭게 웅크리고 있었다. 엄마의 당부로 꽁지가 방에서 나오지 못하도록 할머니가 방문을 꼭 닫아 둔 것이다. 란란은 할머니 침대를 뒤적이다가 베개 밑에 가지런히 개어 놓은 꽃무늬 옷을 발견했다. 지난해 란란의 열 번째 생일 날, 할머니가 손수 지어 준 옷이었다. 란란은 파티복을 벗어 던지고 촌스럽지만 수수하고 은은한 꽃무늬가 그려진 할머니가 지어 준 옷으로 갈아입었다.

그리고 쏜살같이 밖으로 뛰쳐나갔다.

영화관은 아주 컸다. 할머니는 계단을 오르고 오르고 또 올랐다. 한참 오르다 고개를 드니 그제야 입구가 보였다. 할머니는 란란의 손을 잡고 여러 번 왔던 영화관이었다. 그때는 즐거웠는데 오늘은 말할 수 없이 괴로웠다. 할머니는 문득 '내가 왜 이 높은 계단을 오르고 있는 거지!'하는 생각이 들었다. 계단은 높고 웅장한데 자신은 한없이 작고 초라하게 느껴졌다.

아직 시간이 일러 인적이 없어 영화관 앞은 고요하고 쓸쓸했다. 그래서 할머니가 더 작아 보였다. 할머니는 흘러내린 백발 사이로 흐릿하게 어른거리는, 굳게 닫힌 영화관 문을 멍하니 바라봤다. 조금 어지럽고 다리도 아팠다. 서 있기 힘들어 난간을 붙잡고 계단에 주저앉았다. 멀리서 보면, 계단에 웅크리고 앉은 할머니는 아마도 작은 점처럼 보였다. 고개를 숙이니 보이는 건 헝클어진 백발뿐이었다. 갑자기 눈물이 흘렀다. 똑똑 떨어진 눈물은 갈라진 시멘트 틈 사이로 스며들었다.

언제 왔는지 란란이 할머니 앞에 우두커니 서 있었다. 아직 할머니는 눈치채지 못한 것 같았다. 란란 얼굴에도 눈꼬리부터 입가까지 두 줄기 눈물이 흐르고 있었다. 이 순간 란란은 펑린 두에서 보낸 생일을 떠올렸다. 죽을 때가지 잊을 수 없는 소중한 추억이었다.

란란은 펑린두에서 열 번의 생일을 보냈다. 해마다 할머니는 란란 생일 한 달 전부터 "이제 곧 란란 생일이구나."라고 중얼거리며 매일 손가락을 꼽아 날짜를 세곤 했다. 할머니는 란란 생일을 대충 지나간 적이 없었다. 비록 어려운 형편이었지만 언제나 최선을 다해 정성껏 생일을 준비했다. 큰아들네 그러니까 다오후네 가족 모두 불러 떠들썩하게 생일잔치를 치렀다. 할머니는 해마다 생일을 며칠 앞두고 란란의 옷을 깨끗이 빨고 정성껏 다림질했다. 그리고 생일날 아침 손수 옷을 입혀 주고, 특별한 날에 묶는 빨간 머리끈을 달아 줬다. 또 평소에 아끼는 하나뿐인 화장품을 예쁘게 발라 줬다. 할머니는 생일날 만큼은 누구도 란의 머리를 만지지 못하게 했다. 생일날 머리를 만지면 키가 크지 않는다는 옛말 때문이었다. 또 이날만큼은 란란을 화나게 하는 사람을 절대 용서하지 않았다. 할머니는 란란이 온종일 행복하게 웃을 수 있게 해 줬다.

란란의 열 번째 생일을 며칠 앞두고, 수년 전 란란 아빠가 세상을 떠났다는 소식이 뒤늦게 전해졌다. 할머니는 며칠 동안 입을 굳게 닫고 밤낮으로 물레질만 했다. 물레가 한 바퀴 돌 때마다 눈물 한 방울씩 떨어졌다. 며칠 후 커다란 실몽당이가 완성됐다. 할머니는 다오후를 시켜 실몽당이를 시장에 내다 팔았다. 란란의 열 번째 생일을 차릴 돈이 필요했다. 그해에는 홍수가 나서 곡식을 많이 거둬들이지 못해 온 마을이 가난했다. 도움을 청할 곳이 없으니 할머니가 할 수 있는 것은 오직 물레질뿐이었다. 그 돈은 실몽당이를 팔아 번 돈이 아니라, 할머니의 피와 땀이었다. 그때 할머니는 이렇게 다짐했다.

"불쌍한 란란. 아빠도 없고, 엄마 소식도 알 길이 없구나. 하지만 이 할미가 절대 기죽지 않게 근사한 생일상을 차려 줘야지."

할머니는 생일상 차릴 음식을 넉넉히 준비했다. 그리고 읍내에 나가 이것저것 액세서리와 옷감을 사 왔다. 란란의 신체 치수를 꼼꼼히 재고 한 땀 한 땀 바느질을 했다. 마지막 단추까지 달고 나니 동이 텄다. 그렇게 할머니는 란란의 생일날 아침을 맞았다.

할머니는 계단에 앉아 있다가 누군가 흐느끼는 소리가 들리자 고개를 들었다. 눈앞에 란란이 서 있었다. 비틀거리며 일어선 할머니는 란란이 입은 옷이 껑충 짧아진 것을 보고 눈물을 머금은 채 미소를 지었다.

"우리 란란! 세상에, 언제 이리 컸누?"

"할머니, 영화 같이 봐요."

할머니는 어리둥절해하다가 금방 노한 표정을 지었다.

"쓸데없는 소리."

곧 영화가 시작될 시간이었다. 갑자기 사람들이 몰려오면서 할머니와 란란은 인파에 휩쓸려 영화관 입구로 밀려갔다.

"어서 집에 돌아가, 지금 네 생일잔치를 하고 있잖니."

할머니가 정색하며 소리쳤다.

"싫어요."

란란은 할머니 팔을 꼭 붙잡고 매달렸다. 그때 매표소 앞에서 어떤 아저씨가 표를 환불하고 있었다. 란란은 재빨리 달려가 아저씨에게서 표를 사 영화관 입구로 달려갔다.

"란란!"

할머니가 팔을 뻗어 잡으려고 했지만 소용없었다. 란란은 이미 입장해 버렸다. 란란은 입구 안쪽에 서서 할머니가 계단을 올라오길 기다렸다.

외할머니는 일이 바빠 조금 늦긴 했지만, 잊지 않고 케이크까지 준비해 왔다. 그러나 커다란 케이크 상자를 들고 거실에 들어서는 순간, 어안이 벙벙해졌다. 손님은 아무도 없고 엄마 혼자넋 나간 표정으로 소파에 앉아 있었다.

"다들 어디 갔니?"

"또 도망쳤어요. 벌써 두 번째예요."

엄마가 씩씩거리며 대답했다.

"지난번 동물원에 가다가 중간에 도망치더니, 오늘 또! 다들 어이없어 하며 돌아갔어요."

엄마는 손으로 이마를 받치며 한숨을 쉬었다.

"죽도록 원망스러워요. 아무리 힘들어도 애초에 그런 촌구석에 보내는 게 아니었어요. 이렇게 교양 없는 애가 될 줄 정말 몰랐어요. 다들 얼마나 비웃겠어요!"

"어디로 도망갔단 말이니?"

외할머니는 집 안을 둘러보다 또 한 번 물었다.

"애들 할머니는?"

"영화 보러 가셨어요."

"왜 갑자기? 누가 가라고 했니?"

외할머니가 추궁하듯 되물었다.

"내가요."

이번에는 엄마도 이판사판, 죽기 살기로 한판 붙어 볼 심산이었다. 이렇게 생각하니 외할머니가 전혀 무섭지 않았다. 외할머니는 화를 참지 못해 들고 있던 케이크 상자를 탁자 위에 내던졌다. 엄마가 갑자기 엉엉 울기 시작했다. 외할머니는 엄마의 눈물을 이해할 수 없었고 다시 엄마를 추궁하기 시작했다.

"넌 나처럼 보잘 것 없는 늙은이를 왜 무서워하니? 왜 존중해 주니? 란란 할머니는 나랑 뭐가 다르니? 도대체 뭐가 그렇게 마음에 안 드니? 네 시어머니가 뭘 잘못했는데? 네 딸을 그렇게 키워서?"

엄마는 자기가 서럽게 울면 외할머니의 태도가 수그러질 줄 알았다. 그런데 외할머니는 오히려 더 크게 화를 냈다. 서럽고 슬픈 엄마는 벽에 걸린 란란 아빠의 사진 액자를 떼어내 가슴에 꼭 안고 하염없이 눈물을 흘렸다. 뒷정리를 도와주려고 남았던 뤄 이모가 엄마 방에 있다가 울음소리를 듣고 황급히 달려 나왔다.

"왜 그래, 무슨 일이야?"

엄마는 그저 울기만 했다. 외할머니는 뤄 이모를 쳐다보지도 않았다. 뤄 이모는 서둘러 엄마를 데리고 방으로 들어갔다.

17

외할머니에게 단단히 삐친 엄마는 퉁퉁을 데리고 집을 나와 뤄 이모네서 사흘 동안 지냈다.

"후유……."

엄마는 종일 한숨만 쉬어 댔다. 슬슬 집에 돌아가고 싶었고 언제까지 남의 집에 얹혀 있을 수도 없었다. 더구나 퉁퉁과 징징은 한집에서 어울릴 수 없는 아이들이었다. 하루도 싸우지 않는 날이 없었다. 뤄 이모가 엄마의 고민을 눈치챘다.

"너랑 퉁퉁을 돌볼 아줌마를 붙여 줄 테니, 그냥 있어."

엄마는 고개를 흔들었다.

"성급하게 굴지 말고 내 말 들어. 이번 기회에 너희 엄마에게 제대로 알려 줘야 해."

뤄 이모는 커다란 거울 앞에 목을 쭉 빼고 똑바로 서서 어깨를 살짝 덮은 머리카락이 잘 말렸는지 앞뒤 좌우로 꼼꼼히 살피면서 이야기를 계속했다.

"너희 엄마가 널 얼마나 끔찍이 사랑하는지 잊었니? 너희 부모님이 외국 나가셨다가 중간에 잠깐 귀국하셨을 때 공항에 마중 나갔던 거 기억해? 그때 너희 엄마가 널 보자마자 꼭 끌어안고 울음을 터뜨리셨어. 얼마나 세게 껴안았던지 네가 숨이 막혀 기절할 뻔했잖아."

뤄 이모는 깔깔깔 웃으며 춤추듯 사뿐사뿐 발걸음을 옮겼다.

"이번에 바로 그 점을 이용하는 거야. 절대 네 발로 들어가면 안 돼. 결국 너희 엄마가 두 손 드실 거야. 호호호……. 그러고 나면 앞으로 다시는 너한테 그런 식으로 화내지 못할 거야."

"얘, 넌 어떻게 갈수록 못된 것만 배우니."

엄마는 마뜩잖은 듯 말했다.

그때 일하는 아줌마가 다가왔다.

"빨랫감 있으신가요?"

뤄 이모는 아줌마를 쳐다보지도 않고 대꾸했다.

"거기 신발 좀 빨아요."

아줌마는 바닥에 나뒹구는 신발을 주워들고 나갔다.

"안후이 성 촌구석에서 왔는데 부지런히 일을 잘해. 괜찮은 거 같으면 네가 데려가."

뤄 이모는 커다란 창문으로 들어오는 햇살을 받으며 긴 소파에 털썩 앉았다.

"얘, 이참에 애들 할머니도 돌려보내. 할머니만 없으면 너희 가족끼리 행복하게 살 수 있잖아. 생각해 봐. 이번 문제들, 결국 다 그 할머니 때문에 생긴 일 아니니? 돌려보내고 매달 용돈이나 몇 푼 보내 줘. 그냥 시골 할머니인데 뭘 그렇게 고민해."

엄마는 머리카락을 쓸어 넘기며 골똘히 생각에 잠겼다. 두 번, 세 번 뤄 이모의 설득이 이어지자 결국 마음을 굳혔다.

'그래, 돌아가지 않을 거야.'

한편 엄마가 며칠이 지나도록 돌아오지 않자 외할머니도 말할 수 없이 괴로웠다. 남편을 먼저 떠나보내고 남은 가족이라고는 외동딸과 손주들뿐이었다. 고통스러운 세월을 견뎌 내고 딸을 다시 만나던 그날, 상중을 뜻하는 하얀 끈으로 머리를 묶은 딸을 껴안고 대성통곡하던 기억이 떠올랐다. 그렇게 애틋했던 딸이 집을 나간 것이다. 처음에는 하루 이틀이면 돌아올 줄 알았다. 그런데 일주일이 지나도록 소식이 없었다. 외할머니는 심하게 엄마를 몰아붙인 것을 후회했다.

'좀 더 부드럽게 말해야 했어.'

며칠 후 뤄 이모가 동정을 살피러 왔다. 외할머니는 팔짱을 끼고 등나무 의자에 앉아 무표정한 얼굴로 뤄 이모를 맞이했다.

"란란 엄마를 들여보내라."

"본인이 싫다는걸요."

"그럼, 당장 퉁퉁이라도 돌려보내라고 전해라."

외할머니의 목소리는 나지막했지만 위엄이 있었다. 뤄 이모는 외할머니의 서슬 퍼런 눈빛을 보자 저도 모르게 움찔했다. 외할머니를 향해 고개를 끄덕인 후 서둘러 허둥지둥 밖으로 나갔다. 할머니와 란란은 창문 앞에 서서 경멸하는 눈빛으로 뤄 이모의 뒷모습을 지켜봤다.

그날 저녁, 엄마가 퉁퉁을 데리고 집에 돌아왔다. 엄마는 고개를 똑바로 들고 당당한 표정을 지었다. 할머니와 란란은 감히 방 밖으로 나오지 못했다. 외할머니는 엄마에게 아무 말도 하지 않고 끊임없이 자신을 타일렀다.

'앞으로 좀 자제해야 해. 절대 그런 식으로 화내면 안 돼.'

얼마 동안 집 안이 아주 조용했다. 엄마를 제외한 나머지 식구들은 늘 조심스럽게 행동했다. 평온한 분위기가 깨지지 않도록 아주 작은 소리 하나도 내지 않았다.

엄마가 뤄 이모 집에 머무는 동안, 외할머니가 가장 신경 쓰인 사람은 바로 할머니였다. 그래서 일부러 딸과 싸운 얘기는 하지 않았다. 란란 엄마가 공연 연습이 너무 바빠서 퉁퉁을 데리고 당분간 극장에서 가까운 뤄 이모 집에서 지내기로 했다고만 말했다. 하지만 할머니는 무슨 일이 있었는지 대략 짐작하며 속으로 생각했다.

'바깥일만으로도 신경 쓸 일이 많고 힘들 텐데, 집안일까지 신경 쓰게 만들다니…….'

그래서 할머니는 결심했다.

'이제 정말 펑린두로 가야겠어.'

떠나기 전에 꼭 해결해야 할 문제가 있었다. 란란이 제 엄마와 살갑고 다정하게 지낼 수 있도록 만들어야 했다. 만약 그렇게만 된다면 더 바랄 것이 없었다. 할머니는 자신은 아무래도 상관없었다. 그저 란란이 행복하길 바랐다. 늘 란란을 걱정하고 란란

때문에 가슴 아파했다.

그래서 할머니는 모질게 마음먹고 란란을 차갑게 대하기 시작했다. 일단 할머니 방에 있던 란란의 물건을 모두 내놓았다. 저녁을 먹은 후에 란란이 방에 들어오지 못하도록 일부러 일찍 잠자리에 들었다. 란란이 방문을 아무리 두드려도 열어 주지 않았다. 란란이 퉁퉁과 다투면, 퉁퉁의 잘못이 분명해도 언제나 란란을 꾸짖었다. 일요일마다 란란이 함께 시장에 가겠다고 따라나서면 정색하며 쫓아 버렸다. 란란이 기어코 따라나설 때도 할머니는 란란과 한마디 말도 섞지 않았다.

란란은 자기가 뭔가 잘못해서 할머니가 화를 내고 있다고 생각했다. 그래서 더 조심스럽게 행동하고 할머니 기분을 풀기 위해 노력했다. 하지만 할머니는 언제나 얼음처럼 차가웠다. 상처받은 란란은 몇 번이나 할머니 앞에서 눈물을 흘렸다. 그때마다 할머니도 눈시울이 붉어졌지만 끝까지 독한 마음을 지켜 냈다. 할머니는 이제 란란을 제 엄마에게 보내야 한다는 사실을 잘 알았다. 그래서 더욱 모질게 란란을 내몰았다.

란란은 이제 자기 곁에 꽁지밖에 없다고 생각했다. 종일 꽁지와 붙어 지내다 보니 꽁지에 대한 정이 더 깊어졌다. 밤마다 머리맡에 꽁지가 없으면 잠들지 못했다.

18

하루 또 하루, 시간은 무심하게 흘러 갔다. 엄마는 평온한 분위기가 견딜 수 없이 싫었다. 할머니가 작은 실수라도 하기를, 외할머니가 자기에게 화를 내기를 내심 기다렸다. 그렇지 않고서는 마음속에 쌓인 울분을 터뜨릴 수가 없기 때문이었다. 하지만 할머니는 전보다 더 부지런히 집안일에 매달렸고 외할머니는 계속 엄마를 외면했다. 결국 엄마가 분노를 터뜨릴 대상은 꼴 보기 싫은 고양이뿐이었다. 란란이 온종일 꽁지와 붙어 있는 모습을 볼 때마다, 엄마는 화가 치밀고 가슴이 너무 아팠다.

"엄마는? 엄마가 그 못생긴 고양이보다 못하니?"

엄마는 꽁지를 독한 표정으로 대하며 '도둑고양이' 혹은 '개떡같이 생긴 것'이라고 욕을 했다. 꽁지를 당장 내쫓지 못하는 것이 한스러울 뿐이었다.

꽁지는 아무 잘못이 없다. 꽁지는 그냥 착한 고양이일 뿐이다. 가끔 깜박 잊고 밥을 주지 않을 때도 시끄럽게 울거나 난리를 피우지 않았다. 다른 고양이처럼 제멋대로 집 밖으로 쏘다니는 일도 없고 온종일 마당 한구석에서 얌전히 굴었다. 수시로 앞발로 세수하고 더러운 것을 싫어하는 깔끔쟁이였다.

란란은 엄마가 뭐라고 하든 신경 쓰지 않고 집에 돌아오면 곧바로 꽁지를 품에 안고 제 방으로 들어갔다. 누구든 꽁지를 괴롭히는 사람은 가만두지 않았다. 퉁퉁이 꽁지를 쳐다보기만 해도 무섭게 눈을 부라렸다. 란란은 날이 갈수록 퉁퉁이 미워져 영원히 상대하지 않겠다고 다짐까지 했다.

꽁지는 정말 온순했다. 란란이 집에 없을 때는 늘 할머니 방에서 얌전히 기다렸다. 엄마나 퉁퉁과 마주치면 가만히 몸을 웅크렸다가 슬그머니 꽁무니를 내뺐다. 그리고 사람들 눈에 띄지 않게 담장 밑에 바싹 붙어 있었다.

하지만 결국 피할 수 없는 운명을 맞닥뜨렸다. 이날 꽁지는 왜 하필 엄마 방에 들어갔을까? 꽁지가 엄마 방에 들어서는 순간, 돌이킬 수 없는 불행이 시작됐다.

그때, 엄마 방에 퉁퉁이 있었다. 장난감 나무칼을 휘두르며 놀고 있었는데, 미끄러지듯 손에서 빠져 나간 칼이 하필 탁자 위에 놓여 있는 푸른색 꽃병을 덮쳤다. 꽃병은 방바닥에 떨어져 산산조각 났다. 엄마가 거실에서 피아노를 치다가 쨍그랑 소리를 듣고 허겁지겁 방으로 달려왔다. 방바닥에 꽃병 파편이 흩어져 있었다. 엄마는 반사적으로 고개를 들어 해외 공연 때 사 온 꽃병부터 찾았다. 텅 빈 탁자를 확인하자마자 먼지떨이를 들고 퉁퉁을 향해 소리쳤다.

"네가 깨뜨렸지?"

퉁퉁은 너무 놀라고 무서워 눈이 휘둥그레졌다. 엄마 손에 들린 먼지털이가 언제 매가 되어 돌아올지 두려웠다.

"아, 아니에요. 난 아니에요."

"어디서 거짓말이야? 여기 너밖에 더 있어?"

"아, 아닌데. 정말 내가 안 그랬어요."

퉁퉁은 꽁지를 힐끗 쳐다보고 떼굴떼굴 눈알을 굴리더니 손가락으로 꽁지를 가리켰다.

"꽁지가 그랬어요."

이때 꽁지는 방 귀퉁이에 웅크리고 있었다. 드디어 분노를 터뜨릴 기회가 찾아왔다. 엄마는 방문을 닫고 다시 먼지떨이를 잡았다. 꽁지는 바들바들 떨다가 몸을 잔뜩 웅크렸다. 먼지떨이가 자신을 향해 오자 창틀 위로 휙 뛰어올랐다. 창밖으로 도망치려 했지만, 문이 닫혀 있어 나가지 못하고 발톱으로 끽끽 유리를 긁었다. 엄마가 쫓아오자 재빨리 몸을 피했다. 야옹야옹 울며 쉴 새 없이 방안 구석구석을 뛰어다녔다. 꽁지의 울음소리는 마치 '란란, 어디 있는 거야?'라고 말하는 것 같았다. 엄마는 꽁지를 쫓아다니다가 의자에 걸려 넘어질 뻔하자 더 화가 났다.

"개떡같이 생긴 게, 너 오늘 죽었어."

엄마는 먼지떨이를 집어 던지고 퉁퉁이 가지고 놀던 나무칼을 꽁지에게 휘둘렀다. 꽁지는 훌쩍 몸을 날려 다시 창틀 위로 올라갔다. 엄마가 나무칼을 들고 쫓아오자 창문이 닫혀 있다는 사실을 깜빡 잊고 다급한 마음에 유리창을 향해 온몸을 날렸다. 와장창 소리와 함께 유리창이 깨졌다. 꽁지는 창틀에 떨어져 잠시 널브러져 있다가 금방 움찔거리며 다리를 버둥거렸다. 꽁지가 창문까지 깨뜨리자 엄마는 더 크게 분노했다. 꽁지는 겨우 정신을 차렸지만, 이번에는 미처 피하지 못했다. 엄마가 휘두른 나무칼이 정확히 꽁지의 다리를 강타했다. 정신이 번쩍 든 꽁지는 날카로운 비명을 내질렀다. 할머니는 문 밖에 서서 방문을 열어 보지도 못하고 발만 동동 굴렀다.

아직 분이 덜 풀린 엄마가 계속 꽁지를 쫓았다. 평소 온순하고 얌전했던 꽁지가 갑자기 무섭게 돌변했다. 몸을 잔뜩 움츠린 채 온몸의 털을 곤두세우고 소름끼치는 초록색 눈동자를 반짝였다. 들쭉날쭉한 수염이 철사처럼 빳빳해지고 그르렁 그르렁 하며 상대를 위협했다. 퉁퉁이 꽁지 귀를 잡으려고 손을 뻗었다. 꽁지가 입을 벌리고 날카로운 이빨을 드러내며 퉁퉁을 노려보았다.

"크앙."

퉁퉁이 생각 없이 다시 손을 뻗자, 순식간에 뛰어올라 앞 발톱으로 퉁퉁을 할퀴었다. 퉁퉁이 비명을 지르며 재빨리 손을 거둬들였지만 부드럽고 새하얀 손등에 이미 새빨간 피가 흐르고 있었다. 흥분한 엄마가 다시 나무칼을 쳐들었다. 꽁지는 피하지 않고 창틀에 웅크리고 앉아 결전의 자세를 취했다. 엄마가 다시 나무칼을 휘두르는 순간, 꽁지는 죽을 각오로 달려들어 엄마를 물어 버릴 것이 분명했다.

화가 난 퉁퉁은 나무 장난감 총을 들고 살금살금 꽁지 옆으로 다가갔다. 꽁지가 엄마에게 정신이 팔린 사이 양 볼에 바람을 넣고 총으로 꽁지를 내려쳤다. 꽁지가 미친 듯이 날뛰었다. 창틀에서 내려와 퉁퉁을 향해 울부짖으며 위협했다. 곧바로 휙 뛰어올라 퉁퉁이 소맷부리를 물고 늘어졌다. 퉁퉁은 겨우 꽁지를 뿌리치고 얼른 침대로 올라가 이불 속으로 숨었다.

꽁지는 다시 엄마를 노려봤다. 엄마는 자기도 모르게 몸이 부들부들 떨렸다. 처음에는 화를 삭이지 못해서 몰랐는데 차츰 두려움이 느껴졌다. 꽁지가 언제 달려들지 몰라 허공을 향해 정신없이 나무칼을 휘둘렀다. 결국 꽁지는 날카롭게 울부짖으며 엄마에게 달려들었다. 그러나 또 한 번 엄마가 휘두른 나무칼에

정통으로 얻어맞았다. 꽁지는 극심한 고통을 견디지 못해 온 방 안을 팔짝팔짝 뛰어다녔다. 그러는 동안 찻잔이 엎어지고, 벽에 걸린 그림이 찢어지고, 창틀에 있던 화분이 방바닥에 떨어졌다. 잠시 후 지친 꽁지가 다시 창틀에 웅크리고 앉아 구슬프게 흐느 끼기 시작했다.

그때 집으로 돌아온 란란은 주먹으로 힘껏 방문을 두드렸다.

탕, 탕, 탕.

엄마가 방문을 열었다.

"저 고양이가……."

엄마는 온몸이 떨려 제대로 말을 잇지 못했다. 퉁퉁은 이불 밖으로 고개를 내밀었다가 란란을 보고 다시 이불 속으로 숨어 버렸다.

꽁지는 창틀 위에 머문 채 계속 흐느꼈다. 놀랍게도 꽁지의 두 눈에 눈물이 맺혀 있었다. 고양이도 눈물을 흘린단 말인가? 란 란이 꽁지에게 달려갔다. 그러나 꽁지는 란란을 힐끗 쳐다보고 홱 돌아서서 깨진 유리창 너머로 도망쳤다. 란란이 서둘러 마당 으로 뛰어나갔지만 꽁지는 절뚝이면서도 이미 멀리 도망친 뒤었 다. 꽁지가 지나간 자리에 새빨간 핏자국만 남았다. 란란이 멀 어지는 꽁지에게 손을 흔들며 큰 목소리로 외쳤다.

"꽁지야!"

하지만 꽁지는 뒤도 돌아보지 않고 펄쩍펄쩍 뛰어갔다. 란란이 대문 밖으로 나가 골목 모퉁이를 돌아섰을 때 꽁지는 이미 그림자도 보이지 않았다. 란란은 부러 야옹야옹 고양이 소리를 내면서 공동 마당까지 갔다. 샤오위와 마오마오가 란란의 사정을 듣고 함께 꽁지를 찾아 나섰다. 그러나 한참이 지나도록 찾을 수 없었다. 곧 날이 어두워졌다. 샤오위가 란란을 위로했다.

"우리가 끝까지 꼭 꽁지를 찾아낼게."

란란은 일단 집으로 발길을 돌렸다. 멀리서 보니 할머니가 대문 앞에서 란란을 기다리고 있었다. 란란은 할머니를 보자마자 서럽게 울었다. 할머니는 그저 가만히 란란의 머리와 어깨를 쓰다듬고 또 쓰다듬었다. 그날 저녁, 란란은 밥도 먹지 않고 제 방에 틀어박혀 내내 꽁지만 생각했다.

'꽁지를 어디로 갔을까? 다친 다리는 많이 아프지 않을까? 배가 많이 고플 텐데……. 나쁜 사람이 잡아가거나 죽도록 때리면 어쩌지? 길고양이들한테 물리면 어쩌지?'

걱정이 상상으로 이어질 때마다 몸이 부르르 떨리고 식은땀이 흘렀다. 란란은 오랫동안 몸을 뒤척이다가 늦은 밤에야 겨우 지쳐 잠들었다.

그날 밤, 창밖에서 희미한 고양이 울음소리가 들려왔다. 란란은 억지로 눈을 비비며 일어났다. 정신을 차린 란란은 숨을 죽이고 집중해서 귀를 기울였다. 침대에서 내려와 살금살금 창가로 걸어가 창틈에 귀를 바싹 붙였다. 꽁지가 분명했다. 나지막한 꽁지의 흐느낌은 처량하고 구슬펐다. 마치 차가운 겨울바람 속에 버려진 어린아이의 울음소리 같았다.

'꽁지야, 돌아와.'

란란은 마음속으로 애타게 꽁지를 불렀다. 기다리다 못해 조용히 문을 열고 마당으로 나갔다. 달빛이 밝아 바깥쪽 창틀에 웅크린 가엾은 꽁지가 똑똑히 보였다. 하지만 란란이 다가가자, 꽁지는 다친 다리를 절뚝거리며 재빨리 도망갔다. 란란은 꽁지를 쫓지 않았다. 란란이 쫓아가면 꽁지는 더 빨리 뛰어갈 테고 그러면 다친 다리가 더 많이 아플 것 같았기 때문이었다. 그저 우두커니 서서 꽁지가 저 멀리 사라지는 것을 지켜볼 수밖에 없었다.

그날 이후, 꽁지는 매일 밤 란란 방 창문 아래에서 구슬프게 울었다. 이 사실을 알고 할머니도 가슴이 아팠다.

"한낱 짐승이 사람보다 정이 깊구나."

란란이 울음소리를 듣고 나가면 꽁지는 이내 꽁무니를 내뺐다. 꽁지도 란란이 그리웠지만 돌아올 생각은 없는 거 같았다.

19

며칠 후, 마오마오와 샤오위가 구슬치기에 정신이 팔려 있는 동안 담장 밑동을 따라 느릿느릿 기어가던 새끼거북 앞에 작은 구멍이 나타났다. 그 순간 어디선가 드르렁 코 고는 소리가 들렸다. 두 아이가 동시에 고개를 돌렸지만 아무도 없었다. 잠시 걸음을 멈췄던 새끼거북이 다시 구멍을 향해 기어가기 시작했다. 그런데 또 드르렁 소리가 들렸다. 이번에는 더 길게 들렸다.

"담장 밑동 구멍이야."

샤오위가 외쳤다. 두 아이는 바닥에 납작 엎드려 구멍 안을 들여다봤다. 어둠 속에서 짙푸른 눈동자 두 개가 번쩍거렸다. 고양이였다.

"형, 꽁지가 아닐까?"

"너는 여기에서 잘 지키고 있어. 난 가서 란란을 불러올게."

샤오위는 높은 담장 아래로 후다닥 뛰어가 마당을 향해 크게 소리쳤다.

"란란, 꽁지를 찾았어."

란란이 단숨에 달려 나왔다.

"어디…… 어디 있어?"

샤오위는 란란을 데리고 담장 밑동 구멍 앞으로 갔다. 어느새 공동 마당 아이들이 전부 모여 있었다. 린란은 누군가에게 손전등을 받아 들고 바닥에 엎드려 구멍 안을 비췄다. 정말 꽁지였다. 지난 며칠 동안 아무것도 먹지 못했는지 많이 야위었고 다리 상처도 심한 것 같았다.

"야옹, 야옹……."

란란이 고양이 소리를 내고 손가락으로 바닥을 두드리며 꽁지를 불러내려 했다. 하지만 꽁지는 나오지 않았다. 아이들이 란란 곁에 다가와 함께 고양이 울음소리를 냈지만, 꽁지는 나오지 않았다. 마오마오가 새끼거북을 이용해 꽁지를 꾀어내려 했지만, 이 역시 실패했다. 한 남자아이가 대나무 장대를 가져왔다.

"이걸로 들쑤셔 봐. 우리는 구멍 밖을 에워싸고 있을게."

란란은 건네받은 장대를 구멍 안으로 밀어 넣고 살짝 살짝 흔들었다. 갑자기 꽁지가 날카롭게 비명을 질렀다. 아마도 장대가 상처를 건드린 것 같았다. 란란은 바들바들 떨며 장대를 빼냈다.

"내가 해 볼게."

샤오위가 소매를 걷어붙였다. 아이들이 환호성을 질렀다.

"야호, 긴팔원숭이 나가신다. 긴팔원숭이."

샤오위는 바닥에 엎드려 긴 팔을 구멍 안으로 쑥 집어넣었다. 꽁지는 사람 손을 보자 또 누군가 자기를 해치려는 줄 알고 날카로운 발톱으로 세게 할퀴었다. 샤오위는 너무 아파 얼른 손을 움츠려 빼내고 입을 동그랗게 모아 손에 대고 후후 찬바람을 불었다.

어느새 해가 저물었다. 란란은 집에 가서 접시에 음식을 담아 왔다. 구멍 앞에 접시를 놓고 한참 기다렸지만, 꽁지는 끝내 나오지 않았다. 란란과 아이들은 각자 집으로 돌아갔다.

다음 날, 란란은 아침에 눈을 뜨자마자 담장 구멍 앞으로 달려갔다. 접시에 담긴 음식은 하나도 줄지 않고 그대로였다.

"꽁지야, 이렇게 계속 안 먹으면 죽을지도 몰라."

란란은 애타는 마음으로 구멍 앞에 서 있다가 힘없이 돌아섰다.

다시 이틀 후, 청소부 아저씨들이 담벼락 앞에 모인 아이들을 보고 무슨 일인지 물었다. 아이들은 다친 고양이가 구멍 안에 들어가 죽어도 나오지 않으려 한다고 말해 줬다. 그러자 수염이 덥수룩한 털보 아저씨가 삽자루를 구멍에 들이밀고 휘저었다. 고양이가 굶어죽지 않도록 어떻게든 나오게 할 생각이었다. 꽁지는 삽자루가 온몸의 상처를 건드리자 계속 고통스럽게 울부짖었다. 결국 견디다 못해 구멍 밖으로 뛰쳐나왔다. 양쪽 다리가 다

부러져 제대로 뛰지도 못했다. 털보 아저씨는 꽁지가 다시 구멍으로 들어가거나 또 다른 곳으로 도망가지 않도록 재빨리 뒤쫓았다. 그때 반대편에서 쓰레기차가 후진하고 있었다. 털보 아저씨가 비명을 지르듯 소리쳤다.

"안 돼! 고양이!"

꽁지는 이미 한 발자국도 움직일 수 없는 상황이었다. 마지막을 직감한 듯 높은 담장 너머를 바라보며 구슬프게 울부짖었다. 방 안에 있던 란란은 꽁지의 울음소리를 알아듣고 재빨리 뒷마당 창문으로 달려갔다. 꽁지는 이미 쓰레기차 바퀴에 깔려 버렸다. 그렇게 마지막 인사도 못하고 영원히 란란의 곁을 떠났다.

란란은 비명을 지르며 두 손으로 눈을 가렸다. 잠시 후 덜덜 떨리는 손가락 사이로 다시 창밖을 보니 청소부 아저씨들이 이미 꽁지를 쓰레기차에 싣고 가 버린 후였다. 공동 마당 아이들은 걱정스러운 눈빛으로 란란을 바라봤다. 가느다란 손가락 사이로 눈물이 흘러내렸다. 란란은 참다못해 결국 울음을 터뜨리며 할머니 방으로 뛰어갔다. 사정을 알게 된 할머니는 길게 한숨을 내쉬었다.

"그때 다오후가 데리고 갔어야 했는데……."

란란은 베갯잇을 입에 물고 잘근잘근 씹으면서 또 손으로 계속 쥐어뜯었다. 할머니가 란란을 달랬다.

"우리 란란, 착하기도 하지. 울지 마라."

란란이 갑자기 고개를 들고 휙 뒤를 돌아보더니 할머니 손을 뿌리치고 방에서 뛰어나갔다. 엄마 방 앞에 선 란란은 이를 악물고 어깨로 힘껏 방문을 밀쳤다. 엄마가 깜짝 놀라 고개를 돌렸다. 란란이 주먹을 불끈 쥐고 칼날처럼 날카로운 눈빛으로 노려보고 있었다.

"란란, 왜 그러니?"

엄마가 의자에서 벌떡 일어서며 물었다.

'왜냐고? 왜, 왜!'

란란은 속으로 엄마를 향해 물었다. 그리고 소리쳤다.

"꽁지가 죽었어. 아주 비참하게 죽었어."

란란이 들소처럼 미친 듯이 날뛰었다. 잡히는 대로 집어 던지고 발길질을 해 댔다.. 울며불며 발을 동동 굴렀다. 엄마는 너무 놀라 온몸이 굳어 버렸다.

"란란!"

옷걸이가 쓰러지고 새로 산 가죽 구두가 책상 위에 나뒹굴었다. 란란은 창가로 달려가 커튼을 잡아 뜯은 후 돌돌 말아 바닥에 내던지고 마구 짓밟았다.

엄마가 피아노를 쾅쾅 두들기며 소리쳤다.

"미쳤어. 완전히 무식한 시골 촌년이야."

"무식해. 난 무식해."

란란이 다시 쾅쾅 발을 굴렀다. 조금 전부터 방문 앞에 서서 란란을 지켜보던 외할머니가 굳은 표정으로 입을 열었다.

"란란, 엄마한테 이러면 안 된다."

"이게 어때서? 난 이렇게 할 거야."

란란은 침대 쪽으로 걸어가 베개를 바닥에 집어 던졌다. 할머니가 허둥지둥 달려와 간신히 란란을 끌고 나갔다. 퉁퉁은 제 방에서 벌벌 떨면서 문틈으로 이 모든 상황을 지켜봤다. 엄마는 멍하니 서서 난장판이 된 방 안을 보다가 할머니 방 쪽으로 휙 고개를 돌리며 말했다.

"용서 못 해. 그때 아무리 힘들어도 란란을 보내는 게 아니었어요. 고생이 끝나고 이제 겨우 같이 살게 됐는데 내 곁에 있는 건 껍데기뿐이에요. 저 애 마음은 어디 있는 거죠? 그깟 고양이 때문에 어떻게 나한테 이럴 수 있어요?"

"정말 고양이 문제 하나뿐이라고 생각하는 거니?"

"다 그 빌어먹을 고양이 때문이에요. 죽어도 용서 못 해."

"내 보기엔 그게 아닌데."

외할머니는 일부러 말을 끊고 한참 동안 엄마를 바라보며 힘겹게 분노를 억눌렀다.

"란란을 너무 탓하지 마라."

외할머니는 다시 할머니 방으로 들어가 란란에게 말했다.

"가서, 네가 어지른 물건을 치우도록 해라."

란란은 여전히 어깨를 들썩이며 울먹이고 있었다.

"어서 가서 치워라. 그리고 엄마에게 잘못했다고 해라."

외할머니가 엄하게 타일렀다.

할머니가 나서서 란란 머리를 쓰다듬으며 달랬다.

"어서 가렴. 외할머니 말씀 들어야지."

란란이 천천히 발걸음을 옮기는 동안에도 눈물은 하염없이 뺨을 타고 흘러내렸다. 란란은 눈물을 닦지 않고 내버려 뒀다.

20

그날 밤, 란란은 심하게 앓았다. 이마가 불덩이처럼 뜨겁게 달아올랐다. 식은땀이 줄줄 흘러 새카만 머리카락을 흠뻑 적시고 잠옷이 몸에 찰싹 달라붙었다. 눈꺼풀을 들어 올릴 힘조차 없었다. 두 눈을 감은 채 들릴 듯 말 듯 작은 목소리로 끊임없이 중얼거렸다.

"오빠……, 할머니……, 꽁지야……."

간혹 비명을 지르기도 했다.

"악, 내 고양이!"

엄마는 가슴이 덜컥 내려앉았다. 한밤중이었지만 서둘러 병원으로 달려갔다. 란란을 살펴본 의사는 특별한 문제는 없지만 열이 높으니 일단 입원하라고 했다. 겨우 몇 시간 지났을 뿐인데 엄마는 마음고생이 심했는지 입술이 부르트고 눈에는 빨갛게 핏줄이 섰다. 란란에게 약을 먹이려고 일어서다가 갑자기 현기증을 느껴 휘청거렸다. 재빨리 창살을 잡지 않았다면 시멘트 바닥에 넘어져 다칠 뻔했다.

란란은 꼬박 이틀을 앓고 나서야 조금씩 열이 내렸다. 입술이 터서 하얗게 일어났고, 눈이 쑥 들어가 눈두덩이 까맣게 보였다. 반짝거리던 새까만 눈동자는 초점을 잃은 채 이따금 멍하니 창밖을 바라보곤 했다. 발그레한 볼도, 앵두 같은 입술도, 밤하늘의 별처럼 빛나던 눈동자도 모두 사라졌다. 할머니는 10년 동안 정성껏 먹이고 입혀 기른 착하고 어여쁜 손녀가 하루아침에 사라진 것 같았다. 할머니는 란란을 바라보며 마음속으로 수 없이 울고, 또 울었다.

"할머니."

란란이 할머니를 바라보며 가느다란 목소리로 말했다.

"우리…… 집에 돌아가요."

"이제 다 나았으니, 곧 네 엄마가 데리러 올 게다."

란란이 고개를 흔들었다.

"그게 아니라, 펑린두로 돌아가요."

할머니가 얼른 손을 내저었다.

"쓸데없는 소리 하는 거 아니다. 네 집은 여기야."

란란은 천천히 눈을 감았다. 기다란 속눈썹이 한데 모여 굵은 선처럼 보였다. 그 속눈썹 사이로 또르르 눈물방울이 떨어졌다. 할머니가 손을 뻗어 란란의 눈물을 닦아 주었다.

"그럼, 할머니는요?"

"난…… 나도 안 간다."

할머니는 깊이 후회하고 있었다.

'란란에게 공연히 차갑게 대하는 게 아니었어.'

할머니는 란란에게 돌이킬 수 없는 큰 잘못을 저질렀다고 생각했다. 이제 펑린두로 돌아가는 일은 생각도 할 수 없었다.

가을바람이 불어오고 나뭇잎이 노랗게 바뀌어 갔다. 여름 내내 열심히 울던 매미는 모두 어디론가 사라졌다. 가끔 남들에게 뒤처진 한두 마리가 철 지난 줄 모르고 맴맴 울어 댔다. 소란스러웠던 여름이 서서히 이별을 고했다.

란란은 원래 활발하고 밝은 아이였지만, 점점 고요하고 쓸쓸한 가을을 닮아 갔다. 조용히 병상에 누워 하루, 또 하루를 보냈다. 그동안 란란은 작은 투정 한번 부리지 않았다. 여러 가지 검사를 했지만 별다른 문제가 발견되지 않자, 의사가 퇴원하라고 했다.

이즈음, 펑린두 오리 아저씨가 오리를 팔러 도시에 왔다가 란란에게 종달새 한 마리가 든 새장을 전해 주고 갔다. 다오후의 부탁이었다. 얼마 전 펑린두에 큰비가 내렸는데, 그때 정신을 잃고 다오후 집 창문 아래 떨어진 녀석이었다. 한밤중에 희미한 새소리를 들은 다오후가 비 내리는 마당에 맨발로 뛰어나가 이 녀석을 발견했다. 다오후는 종달새를 정성껏 보살피면서 "란란이 종달새를 엄청 좋아한단다."고 말하곤 했다.

집에 돌아온 란란은 종달새를 보자마자 눈빛을 반짝이며 잃어버렸던 미소를 되찾았고, 덕분에 생각보다 빨리 기운을 차릴 수 있었다. 그러나 란란은 계속 엄마를 피했고 퉁퉁도 상대하지 않았다. 엄마와 함께 자는 것도 거부했고, 란란이 할머니와 같이 자려고 하면 엄마는 늘 마뜩잖은 표정을 지었다. 란란은 엄마의 그런 시선도 싫었다.

'그래, 차라리 혼자 자자. 이제 내 방도 있으니까.'

란란은 종일 제 방에 틀어박혀 지냈고, 특히 손님이 오면 아예 방문을 걸어 잠갔다. 엄마나 할머니가 아무리 나오라고 해도 꿈쩍하지 않았다. 공동 마당에도 놀러 가지 않고 이따금 방에서 나와 베란다에 서 있는 것이 전부였다. 학교나 거리에서 누군가 말을 걸거나 질문을 해도 짧게 대답하고 돌아섰다. 그렇다 보니 공부 말고는 할 일이 없었다. 한 번만 풀어도 될 문제를 열 번씩 풀었다. 연필을 쥔 상태로 책상에 엎드려 잠들기도 했다. 그때마다 할머니가 란란을 안아 침대에 뉘였다. 란란은 종종 잠꼬대를 하거나 끙끙 앓는 소리를 냈다. 할머니는 가끔 같이 자다가 란란의 몸이 땀에 흠뻑 젖은 모습을 보곤 했다. 어떨 때는 벌떡 일어나 비명을 지르기도 했다. 할머니가 얼른 달려와 란란을 달랬다.

"란란, 우리 아가, 착하지, 나쁜 꿈 꿨니?"

다행히 할머니 품에 안기면 금방 스르르 눈을 감고 다시 잠들었다.

그러던 어느 날 가정 방문온 란란의 담임 선생님이 엄마에게 란란의 학교 근황을 전했다.

"요즘 란란이 아이들과 전혀 어울리지 않으려 해요."

어느 일요일, 샤오위가 공동 마당 아이들을 모아 뒷산에 가기로 했다. 온 산이 불타는 것처럼 붉게 물든 단풍을 보러가기 위해서였다. 아이들은 약속이나 한 것처럼 란란 집에 몰려갔고 샤오위가 대문을 두드렸다.

란란이 밖을 내다보며 말없이 눈빛으로 물었다.

'무슨 일이야?'

"우리 뒷산에 단풍 구경 가는데, 같이 갈래?"

란란이 고개를 저었다. 마오마오가 끼어들었다.

"누나, 같이 가자."

란란은 다시 고개를 저었다. 더 이상 아무도 권하지 않았다. 아이들은 대문 밖에, 란란은 대문 안에 서서 말없이 서로를 바라보기만 했다. 이들을 갈라놓은 것은 아주 낮은 문턱 하나뿐이었지만 아이들은 란란이 아주 멀게 느껴졌다, 란란이 처음 전학 왔던 그날처럼. 샤오위가 돌아서자 나머지 아이들도 조용히 그 뒤를 따라갔다. 그 후에도 몇 번 더 이런 일이 있었고, 공동 마당 아이들과 란란은 자연스럽게 멀어졌다.

아이들은 란란이 거만해져서 자기들을 무시하고 상대하지 않는 것이라고 생각했다. 예전에 샤오위는 깜빡 잊고 연필을 안 가져오면, 물어볼 필요도 없이 마치 제 것처럼 란란의 필통에서 연필을 꺼내 사용했다. 그런데 며칠 전에는 달랐다. 란란은 샤오위가 연필이 없는 것을 알고 조용히 제일 좋은 연필을 샤오위에게 건넸다. 샤오위는 한참 망설이다가 결국 란란에게 연필을 돌려줬다. 그리고 긴 팔을 뻗어 옆자리에 앉은 판판의 필통에서 연필을 꺼냈다.

예전에 란란은 공동 마당 여자아이들과 모여 앉아 둥지 안의 새끼 새처럼 쉬지 않고 재잘거렸다. 너무 시끄러워서 선생님이 일부러 여자아이들 자리를 멀리 떨어뜨려 놓을 정도였다. 지금 공동 마당 여자아이들과 란란은 고무줄 튕겨 나가듯 사이가 멀어졌다. 여자아이들은 모였다하면 여전히 소곤소곤, 조잘조잘 쉴 새 없이 떠들었지만, 그 자리에 란란은 없었다.

하루는 학교에서 나무를 심는 날이었다. 아이들은 모두 바쁘게 움직이느라 땀범벅이 됐다.

"아, 목말라!"

샤오위가 가장 먼저 수돗가로 달려가 한 입 가득 물을 머금었다가 꿀꺽꿀꺽 삼켰다. 다른 아이들도 우르르 수돗가로 달려갔다. 그때 란란은 아이스크림 수레를 끌고 교문 앞을 지나가는 할머니를 발견했다. 쓱 땀을 한 번 닦고 조용히 일어나 교문 쪽으로 뛰어갔다. 란란은 아이스크림을 아주 많이 샀다. 두 손으로 다 들 수 없어 겉옷을 벗어 보자기로 이용했다. 다시 학교 안으로 들어와 아이들 앞에 아이스크림을 내려놓있다.

하지만 아이들은 이제 목마르지 않다고 손을 흔들며 사양하고 하나둘 돌아섰다. 교문까지 뛰어갔다 오느라 빨갛게 달아올랐던 란란의 얼굴은 점점 하얗게 변해 갔다. 입술을 깨물며 아이스크림을 싸 들고 수돗가에 남아 있는 아이들에게 갔다. 차마 권하지 못하고 말없이 아이들 얼굴만 바라봤다. 이 아이들 역시 손을 내저으며 뒷걸음질 쳤다. 란란은 아이스크림을 들고 선 채로 입술을 부르르 떨었다. 잠시 후 아이스크림을 내던지고 옷으로 얼굴을 가린 채 교실 쪽으로 후다닥 뛰어갔다. 아이들은 한동안 멍하니 서 있다가 하나둘 교실로 들어갔다.

란란은 책상에 엎드려 두 손으로 책상 끝을 움켜쥐고 옷을 입에 물고 소리 죽여 울었다. 울면 울수록 감정이 북받쳐 어깨가 심하게 들썩였다. 간간히 미처 삼키지 못한 울음소리가 흘러나왔다. 선생님까지 와서 여러 번 타이르고 달랬지만 란란은 좀처럼 울음을 그치지 않았다. 오히려 더 크게 울먹이며 발까지 동동 굴렀다. 반 친구들은 미안한 마음에 고개를 푹 숙였다. 선생님은 무슨 일이 있었는지 대략 짐작하고 반 아이들을 꾸짖었다.

모두들 란란에게 미안해하며 잘못을 반성했다. 여자아이들 몇 명이 다가와 란란의 어깨를 어루만졌다.

"란란, 란란, 미안해."

란란은 더 서럽게, 아주 서럽게 울었다.

수업이 끝난 후, 아이들은 먼저 뛰어나가지 않고 다 함께 란란을 집까지 데려다줬다. 친구들이 돌아간 후, 다시 혼자가 된 란란은 베란다에 서서 높은 담장을 바라봤다. 태양이 밝게 빛날수록 담장 위 유리 조각은 더 눈부시게 반짝거렸고, 그래서 더 눈에 거슬렸다. 그 유리 조각은 공동 마당 아이들이 담장에 매달리지 못하게 하려고 엄마가 사람을 불러 꽂아 놓은 것이었다. 사방이 온통 높은 담장으로 둘러싸여 고개를 완전히 뒤로 젖혀야 하늘이 보였다. 하늘은 한없이 높고 푸르렀다.

그때 바스락거리는 소리가 들렸다. 고개를 돌려보니 새장 속 종달새가 안간힘을 쓰며 파닥파닥 날갯짓을 하고 있었다. 가을은 종달새의 계절이다. 종달새는 가을에 가장 높이 날고 가장 아름답게 노래한다. 새장 속 종달새는 갇혀 지내기가 싫었는지 머리로 계속 철망을 들이받으며 발버둥 쳤다. 란란은 얼른 달려가 까치발을 들고 새장 안을 살폈다. 종달새가 들이받은 철망 아래쪽에 깃털 여러 개가 떨어져 있고, 철망에 부딪혀 깨진 종달새

머리에 피가 흘렀다. 새장 바닥에 깔아 놓은 대오리* 위에도 핏방울이 떨어져 있었다.

란란은 새장 문을 열었다. 종달새는 예상치 못한 상황에 조금 놀란 것 같았다. 날아가야 한다는 것을 잊고 란란 손바닥 위로 껑충 뛰어올랐다. 복슬복슬한 깃털이 가볍게 떨리는 느낌이 좋았다. 종달새는 란란 손바닥 위에서 태연하게 부리로 깃털을 골랐다. 란란은 종달새 등을 살며시 쓰다듬은 후, 두 손을 높이 들어 하늘로 날려 보냈다.

종달새는 활시위를 떠난 화살처럼 빠르게 날아가 구름 속으로 사라졌다. 모습은 보이지 않았지만 그 지저귐은 계속 귓가에 맴돌았다.

"삐이, 삐이, 삐리리……."

---

* 대나무를 가늘게 쪼갠 것

21

마음에 꼭 드는 가정부를 찾는 일은 쉽지 않았다. 엄마는 시골에서 요양 중인 리씨 아줌마에게 빨리 돌아와 달라고 여러 번 편지를 보냈다. 리씨 아줌마는 매번 알았다고만 할 뿐 계속 시간을 미뤘다. 정말 병이 다 낫지 않은 것인지, 오고 싶지 않은 것인지 알 수 없었다. 그래서 엄마는 가정부 찾는 일을 당분간 포기하기로 했다.

바로 이즈음 할머니가 크게 허리를 다쳤다. 처음에는 아무도 이 사실을 알지 못했다.

사고가 난 그날, 할머니는 여느 때처럼 장을 보러 나갔다. 그날따라 큰길은 사람과 차들이 뒤엉켜 정신이 없었다. 할머니는 요즘 밖에만 나가면 이상하게 불안하고 당황스러워 발길을 멈출 때가 많았다. 할머니가 대바구니를 들고 큰길을 건널 때, 한쪽에서 큰 트럭이 달려왔다. 이 거대한 철 괴물은 도로를 절반 이상 점령하고 산이 무너져 내리는 것 같은 굉음과 귀를 찌르는 경적을 울리며 다가왔다. 경적 소리에 할머니는 너무 놀라 다리에 힘이 쭉 빠졌다. 도저히 움직일 수가 없었다. 그때 교통 경찰관이 다급하게 소리를 질렀다.

"빨리 뒤로 물러나요!"

할머니는 그제야 정신을 차리고 뒤로 물러났다. 그런데 그 순간 장발 소년이 탄 삼륜차가 할머니 뒤로 다가오고 있었다. 이것을 모르고 뒤로 물러서던 할머니는 삼륜차에 허리를 받혀 길 한가운데에 쓰러졌다. 대바구니가 몇 미터 밖으로 날아가 떨어지면서 간장 병이 깨져 길바닥이 온통 간장 바다가 됐다. 깜짝 놀란 소년이 황급히 달려와 할머니를 일으켰다.

"어서 가요. 난 괜찮아요. 괜찮아."

할머니는 소년의 손을 뿌리치고 비틀거리며 길가로 자리를 옮겼다. 버드나무를 지팡이 삼아 짚고 서서 걸어 보려 했지만 허리가 너무 아파 도저히 걸을 수 없었다. 나무에 기대앉아 한참을 쉰 후에야 겨우 일어섰다. 몇 걸음 걷다가 담장에 기대고, 또 몇 걸음 걷다가 전봇대에 기대어 쉬면서 힘들게 집에 돌아왔다.

할머니는 가족들 앞에서 아픈 티를 전혀 내지 않았다. 이를 악물고 고통을 참으며 평소처럼 청소, 요리, 빨래를 하느라 분주히 움직였다. 그래서 아무도 할머니가 다친 줄 몰랐다.

그런데 밤이 되면 고통이 더 심해졌다. 그때쯤 란란이 다시 할머니 침대로 파고들었다. 란란이 옆에서 자고 있으니 마음대로 앓는 소리도 내지 못하고 고통을 삼켰다. 그러던 어느 날 밤, 란란이 갑자기 잠에서 깼다. 윗몸을 반쯤 일으키며 할머니에게 물었다.

"할머니, 무슨 일 있어요?"

"아니야, 어서 자."

할머니는 어둠 속에서 이를 악물고 아픔을 참았다. 란란은 이상하다고 생각하며 다시 잠들었다. 다음 날 아침 일찍 일어난 란란은 이불을 정리하다가 할머니가 누웠던 자리가 땀에 젖어 축축한 것을 발견했다. 란란은 저도 모르게 눈썹을 찡그렸다.

'날이 이렇게 서늘해졌는데, 왜 이렇게 땀을 많이 흘리셨지?'

란란은 학교에 가서도 계속 땀에 젖은 이불이 생각났다. 체조 시간에 살짝 교실을 빠져나와 후다닥 집으로 뛰어갔다. 그리고 살금살금 집 안으로 들어갔다. 집 안에 들어서는 순간, 너무 놀란 란란은 양손을 포개어 입술을 막았다. 할머니가 카펫이 깔리지 않은 거실 바닥에 엎드려 있었다. 그 옆에 물이 담긴 대야가 놓여 있고 할머니는 걸레를 꼭 쥐고 열심히 바닥을 닦았다. 고개를 숙이고 있어 가늘고 부스스한 머리카락이 흘러내려 옆 얼굴을 가렸다. 할머니는 한참 걸레질을 하다가 소매로 땀을 훔쳤다. 그리고 주먹으로 허리를 두어 번 두드린 후, 더 깊이 고개를 숙이고 다시 걸레질을 시작했다. 란란은 천천히 손을 내리고 입술을 바들바들 떨며 할머니를 불렀다.

"할머니⋯⋯."

할머니가 듣지 못하자 더 크게 불렀다

"할머니!"

란란은 할머니에게 달려가 쿵 소리를 내며 무릎을 꿇고 앉았다. 할머니가 고개를 들고 땀에 젖어 이마에 달라붙은 머리카락을 귀 뒤로 쓸어 넘기며 활짝 웃었다.

"란란⋯⋯."

란란은 눈물이 그렁그렁한 눈으로 할머니를 바라보다가 그 품에 와락 안겼다. 할머니는 바들바들 떨리는 손으로 란란 등을 천천히 쓸어내렸다. 잠시 후, 먼저 일어선 란란이 할머니를 일으켜 세우려 했다. 그런데 할머니는 쉽게 일어서지 못했다. 할머니는 한 손을 란란에게 맡기고 다른 손으로 벽을 짚었다. 란란이 힘껏 끌어당긴 후에야 겨우 일어섰다. 할머니는 더 이상 숨길 수 없어 허리 다친 일을 란란에게 털어놓았다.

란란이 흥분해서 소리쳤다.

"당장 외할머니에게 전화해야겠어요."

할머니가 다급하게 손을 휘저었다.

"란란, 그러지 마라."

할머니는 땀을 닦아 내고 란란을 지그시 바라봤다.

"외할머니가 아시면, 이 할미를 당장 병원에 보낼 거다. 그러면…… 할미는 더 이상 이 집에 있을 수 없게 될지도 몰라. 우리 착한 란란, 너도 할미가 이 집에 같이 있길 바라지?"

란란은 이럴 수도 저럴 수도 없어 울음을 터뜨렸다. 할머니는 겨우 란란을 타이르고 달랬다. 이날부터 란란은 더 열심히 할머니 일을 도왔다. 아침 일찍 일어나 베란다에 화분을 내놓았다. 아침 식사가 끝나면 식탁을 정리하고 설거지까지 맡았다. 엄마와 퉁퉁이 빨랫감을 내놓으면 몰래 가져다 빨았다. 저녁에는 할머니를 졸졸 쫓아다니며 이것저것 정리하는 일을 도왔다. 이렇게 집안일이 모두 끝난 후에야 책상에 앉아 숙제를 했다.

일요일이 되면 란란과 할머니는 커다란 바구니를 각각 하나씩 들고 같이 장을 보러 갔다. 사람이 많아 가게마다 길게 줄을 서야 했다. 란란은 공동 마당 친구들을 불러 여기저기 가게에 대신 줄을 서 달라고 부탁했다. 친구들 덕분에 금방 커다란 바구니 두 개를 가득 채울 수 있었다. 두 바구니 가득 사다가 냉장고를 채워 두면 란란네 가족 일주일치 식량으로 충분했다. 그러면 할머니가 매일 장을 보러 나갈 필요가 없었다.

어느 날 저녁, 란란이 거실에서 밤늦게까지 숙제를 하고 있었다. 11시쯤 됐을 때, 갑자기 요란한 천둥소리가 들렸다. 란란은 무서운 마음에 얼른 책을 정리해 제 방으로 향했다. 할머니 방 앞을 지나가다 발걸음을 멈췄다. 할머니 방에서 희미하게 앓는 소리가 들린 것 같았다. 다시 귀를 기울이니 할머니가 소름끼칠 만큼 극심한 고통을 참고 있다는 것을 직감했다. 누군가 할머니 입을 틀어막고 채찍으로 때리는 것 같았다. 란란은 문을 박차고 들어갔다.

"할머니! 할머니!"

할머니는 대답이 없었다. 불을 켜고 보니 할머니가 두 주먹을 불끈 쥔 채 이를 악물고 있었다. 얼굴이 누렇게 뜨고 깊은 주름마다 방울방울 식은땀이 흘러내렸다. 산발이 된 새하얀 머리카락 사이로 악다문 입과 힘없이 감긴 눈이 보였다. 밤이 되면서 허리 통증이 점점 심해지자 필사적으로 견뎠지만 결국 정신을 잃고 만 것이었다. 란란이 몸을 흔들었지만 할머니는 정신을 차리지 못했다. 란란은 너무 놀라 저도 모르게 크게 소리를 질렀다.

"할머니! 할머니!"

외할머니와 엄마가 허둥지둥 달려왔다.

"왜 그래? 무슨 일이니?"

"할머니, 할머니가……."

란란은 계속 할머니만 불러 댔다. 엄마는 기절한 할머니를 보고 얼른 욕실로 달려갔다. 그리고 차가운 물수건을 가져와 할머니 이마에 올렸다. 외할머니는 서둘러 병원에 전화를 걸었다. 하필 구급차 두 대가 모두 환자를 실으러 나간 후라 한참 기다려야 한다고 했다. 시청 운전기사실에도 전화를 해 봤지만 퇴근 시간이 한참 지나 아무도 받지 않았다. 외할머니는 또 어딘가로 계속 전화를 걸었다. 잠시 후 엄마가 숨을 헐떡거리며 달려왔다.

"란란 할머니가 깨어나셨어요."

외할머니가 안도의 한숨을 내쉬며 수화기를 내려놓고 할머니 방으로 갔다.

"형님, 어떻게 된 거예요?"

할머니는 힘겹게 고개를 저었다.

"아무것도 아니에요."

란란은 외할머니에게 할머니가 삼륜차에 치였던 일을 말했다. 외할머니는 처음으로 란란에게 크게 화를 냈다.

"왜 좀 더 일찍 말하지 않았니! 똑똑한 줄 알았더니 왜 이리 바보 같아."

란란은 조금 억울한 표정을 지었다.

"할머니가 말하지 말라고 하셔서……."

외할머니는 할머니의 안색을 자세히 살핀 후, 마침 할머니에게 먹일 탕약을 들고 온 엄마에게 말했다.

"안색이 많이 안 좋아. 역시 구급차를 불러야겠어."

외할머니는 다시 거실로 나갔다. 엄마가 외할머니를 따라가며 말렸다.

"깨어나셨으니 괜찮을 거예요."

외할머니는 심각한 표정으로 고개를 흔들었다.

"얼마나 고통스러웠으면 저렇게 땀을 흘렸겠니!"

엄마는 손목시계를 보며 말했다.

"날 밝으면 제가 병원에 모시고 갈게요. 일단 진통제 먹으면 괜찮을 거예요."

외할머니는 엄마 말을 외면하고는 다른 병원에 전화를 걸어 구급차를 불렀다. 엄마가 나지막이 투덜거렸다.

"그냥 노인네 허리 아픈 거잖아요."

외할머니가 엄마를 노려봤다.

"저렇게 아픈 사람을 어떻게 그냥 내버려 두니!"

"밖에 비 쏟아지는 거 안 보이세요! 제발 엄마 몸 생각도 좀

하세요."

"나만 사람이고, 애들 할머니는 사람이 아니니? 내 목숨만 목숨이고, 저분 목숨은 목숨이 아니니?"

외할머니는 너무 화가 나 관자놀이에 핏줄이 섰다.

그때 섬광이 번쩍이더니 곧이어 하늘이 무너져 내릴 것처럼 무시무시한 천둥소리가 들렸다. 우르르 쾅쾅!

잠시 후 할머니가 란란을 향해 소리쳤다.

"란란, 그렇게 멍하니 서 있으면 어떡하니? 빨리 가서 비옷을 챙겨라. 할머니를 병원에 모셔 갈 준비를 해야지."

외할머니는 다시 할머니 상태를 살피러 갔다. 란란은 외할머니에게 비옷을 가져다 드렸다. 그리고 엄마를 한 번 힐끗 쳐다본 후, 우산을 들고 할머니 방으로 들어갔다. 그사이 할머니는 또 정신을 잃었다.

멀리서 급박한 구급차 사이렌 소리가 들려왔다. 워낙 체구가 작은 외할머니는 온 힘을 다해, 자기보다 훨씬 큰 할머니를 부축해 일으켰다. 엄마가 달려와 반대편에서 두 손으로 할머니를 부축했다. 외할머니가 할머니를 떠받들며 계단을 내려갔다. 엄마가 할머니 몸에 비옷을 덮어 줬다. 굵은 빗줄기가 세차게 쏟아졌다.

잠시 후 구급차가 대문 앞에 도착했다. 엄마가 우산도 받치지 않고 빗속으로 달려 나가 대문을 열어 놓고 다시 돌아와 할머니를 부축했다. 란란은 우산을 높이 받치려고 한껏 까치발을 들었다. 그때 퉁퉁이 잠에서 깼다. 온 집 안에 불이 환히 켜져 있는데 사람은 아무도 없었다. 대문 쪽에서 웅성거리는 소리가 들리자 비몽사몽간에 팬티 바람으로 뛰어나왔다.

　"엄마! 엄마!"

　엄마는 퉁퉁에게 신경 쓸 겨를이 없었다.

　외할머니가 다급하게 소리쳤다.

　"퉁퉁아, 어서 방으로 들어가라."

　이때 잠깐 정신을 차린 할머니가 퉁퉁의 목소리를 알아듣고 힘겹게 말했다.

　"퉁퉁아……. 착하지……. 어서 방으로 들어가, 감기 걸릴라……."

　하지만 퉁퉁은 고집을 부리며 엄마 뒤에 따라 붙었다.

　"어서 들어가."

　엄마가 고함을 질렀다. 엄마는 몸을 움츠리고 오들오들 떨면서도 고집을 부리는 퉁퉁과 비에 흠뻑 젖어 물에 빠진 생쥐 꼴이 된 자신을 보니 갑자기 화가 치밀었다. 갑자기 홱 돌아서서 퉁퉁의 엉덩이를 사정없이 때렸다. 퉁퉁이 울음을 터뜨렸다. 할머니는 힘없이 눈을 감았다. 구급대원의 도움으로 할머니는 안전하게 구급차 안에 누웠다. 외할머니와 란란이 구급차에 올라탔다. 엄마는 퉁퉁의 팔을 잡아끌고 집 안으로 들어갔다.

구급차가 출발했다. 강한 비바람으로 길가의 버드나무가 사정없이 흔들렸다. 비가 얼마나 많이 내렸는지 하수도 물이 잘 빠지지 않아 도로가 강으로 변했다. 구급차 바퀴가 물살을 가를 때 양 옆으로 튀기는 물보라가 마치 새하얀 날개처럼 보였다.

다음 날 아침, 눈부신 태양이 떠올라 비에 젖은 도시를 밝게 비추었다. 마당의 야자나무에서 맑은 물방울이 똑똑 떨어졌다. 처마 아래 국화는 흠뻑 내린 비와 상쾌한 공기 덕분에 꽃잎을 활짝 펼쳤다. 참새 몇 마리가 잔디밭을 퉁퉁 뛰어다니며 쉴 새 없이 짹짹거렸다.

할머니가 눈을 떴다. 너무 초췌해서 하룻밤 새 몇 년 더 늙어 보였다. 방에는 할머니 혼자였다. 어제까지만 해도 아침 일찍 일어나 산더미처럼 쌓인 집안일을 다 하고 나서야 잠시 이렇게 누울 수 있었다. 할머니는 여러 가지로 마음이 편치 않았다. 정말 허리가 부러졌는지, 몇 번을 발버둥 쳐 보았으나 혼자 힘으로는 일어나 앉을 수도 없었다. 가만히 누워 있자니 펑린두와 작은 초가집이, 고향에 있는 다오후 가족이 모두 그리웠다.

바람이 불어 방문이 스르르 열렸다. 문밖에 지친 모습으로 등나무 의자에 앉아 잠든 외할머니와 그 품에 안긴 란란이 보였다. 또 한 번 바람이 불어와 외할머니의 하얀 머리카락이 살랑살랑 흔들렸다.

22

할머니가 병원에 다녀온 후, 외할머니는 온 가족을 모아 놓고 단단히 일렀다.

"앞으로 할머니에게 일을 시키면 절대 안 된다."

그리고 란란에게 특별히 당부했다.

"네가 할머니를 잘 보살펴 드려야 한다."

란란은 학교에 있을 때를 제외하고 온종일 할머니를 보살폈다. 할머니가 허리를 짚고 일어나 집안일을 하려고 하면 당장 달려가 삐친 표정으로 실랑이를 벌였다. 아예 할머니를 방에서 못나오게 하기도 했다. 며칠 후 외할머니가 란란에게 약탕기를 사다 주며 할머니에게 약을 다려드리라고 했다. 란란은 정성을 다해 약을 달여, 하루 세 번 꼬박꼬박 할머니에게 갖다드렸다. 할머니는 "이렇게 하면 좀 편해져."라며 자주 허리를 두드렸다. 그래서 란란은 밤마다 작은 주먹으로 할머니 허리를 콩콩 두드렸다. 두드리다 점점 힘이 약해지면 어느새 꾸벅꾸벅 졸기도 했다.

그런데 퉁퉁은 여전히 외할머니 말을 듣지 않았다.

"할머니, 빨리 발수건 가져와."

"할머니, 나 우유 데워 줘. 신발 끈 묶어 줘."

퉁퉁은 영악하게 외할머니의 시선을 빠져나갔다. 엄마가 든든하게 지켜 주니 퉁퉁은 점점 더 막무가내로 행동하며 이기적이고 거만한 아이가 됐다. 어느 날, 퉁퉁이 배부르게 아침을 먹은 후 소파에 축 늘어진 채 할머니에게 명령하듯 말했다.

"할머니, 내 가방 가져와, 나 학교 가야 해."

가방은 벽걸이에 걸려 있었다. 침대에 누운 할머니가 가방을 가져다주려 힘겹게 일어나다가 씩씩거리며 달려온 란란에게 붙잡혔다. 란란이 들고 온 약그릇을 거칠게 탁자 위에 내려놓고 잡아먹을 것처럼 퉁퉁을 노려봤다. 퉁퉁이도 지지 않고 맞섰다.

"상관하지 마."

"상관해야겠어."

퉁퉁이 할머니에게 달려가 팔을 잡아당기자 란란이 온 힘을 다해 퉁퉁을 떼어 놓았다.

"할머니에게 그런 일 시키지 마."

퉁퉁이 바닥에 드러누워 울며불며 떼를 썼다.

"내 가방 가져와. 내 가방 가져와."

"울어, 울어! 아주 크게 소리 질러. 어차피 엄마는 집에 안 계시니까."

란란은 아주 고소해하며 일부러 엄마 방의 문을 열어젖히고 퉁퉁을 놀렸다.

"울어. 소리 질러, 더 크게."

퉁퉁은 울어도 소용없다는 사실을 깨닫고 벌떡 일어나 다시 할머니에게 다가갔다. 이번에도 란란이 막아섰다. 그러자 할머니가 란란을 타일렀다.

"란란, 네가 퉁퉁의 가방을 가져다주렴."

"안 돼. 할머니가 가져와."

할머니는 조용히 침대에서 일어섰다. 그 모습을 보고 화가 난 란란이 퉁퉁에게 달려들어 확 밀쳤다. 퉁퉁은 몇 걸음 뒤로 밀리다가 쿵하고 벽에 뒷머리를 박았다. 뒷머리를 비비적거리며 울 듯 말 듯한 표정으로 할머니에게 소리쳤다.

"꺼져. 우리 집에서 나가."

란란이 퉁퉁에게 손가락질하며 소리쳤다.

"한 번만 더 지껄여 봐. 가만 안 둬."

"말할 거야. 말할 거야. 꺼져. 나가."

란란이 퉁퉁에게 달려들어 젖 먹던 힘을 다해 따귀를 때렸다. 얼마나 세게 때렸는지 때린 손바닥이 다 얼얼했다. 란란은 너무 했나 싶어 조금 겁이 났다. 퉁퉁은 또 한 번 울음을 터뜨렸다. 이번에는 닭똥 같은 진짜 눈물이 뚝뚝 떨어졌다.

란란은 퉁퉁을 내버려둔 채 삽을 찾아들고 마당으로 나갔다. 마당에 하수도가 막혀 더러운 물이 역류하고 있었다. 양철통에 더러운 물을 퍼내 밖에 내다 버릴 생각이었다. 계단을 내려간 란란은 퉁퉁이 또 할머니를 못살게 굴지 않을까 걱정돼 1층 계단 아래에 서서 잠시 2층에서 무슨 소리가 나는지 귀를 쫑긋 세웠다. 할머니가 퉁퉁을 달래고 있었다.

"착하지, 우리 퉁퉁. 울지 마라. 할머니가 다 나으면 꼭 란란을 혼내 줄게."

퉁퉁이 이렇게 당하고만 있을 아이인가. 하지만 란란을 이겨 먹지 못하니 할머니라도 괴롭힐 수밖에. 퉁퉁에게 할머니는 이 집에서 가장 만만하고 별 볼 일 없는 사람이었다. 엄마의 눈빛이 그렇게 말해 줬다. 퉁퉁은 다시 발을 동동 구르기 시작했다.

"내 가방 가져와. 내 가방 가져와."

할머니가 빨리 일어서지 않자 퉁퉁은 더 미친 듯이 날뛰었다. 할머니 팔을 잡아당기며 엉덩이를 들썩거리다가 탁자와 부딪혔다. 탁자 위에 놓여 있던 약 그릇이 바닥에 떨어져 산산조각 났다. 퉁퉁의 눈이 휘둥그레졌다. 할머니는 약이 쏟아져 엉망이 된 방바닥을 보며 핏줄이 불거진 손을 부들부들 떨었다. 쨍그랑 소리가 들리자 란란이 삽을 내던지고 위층으로 뛰어올라갔다. 두 눈을 부릅뜨고 잔뜩 인상을 쓰며 퉁퉁 앞에 섰다. 퉁퉁은 고개를 빳빳이 들고 소리쳤다.

"하나도 안 무서워."

그리고 직접 제 가방을 가져와 둘러메고 배짱 좋게 란란 옆을 지나갔다. 그 순간 란란이 퉁퉁의 가방을 거머잡았다. 퉁퉁이 벗어나려고 발버둥 치자 가방끈이 끊어지면서 가방이 바닥에 툭 떨어졌다. 란란이 퉁퉁의 가방을 1층 계단 아래로 내던졌다. 퉁퉁이 란란에게 달려들어 땋은 머리를 홱 잡아당겼다.

두 아이는 격렬하게 치고받기 시작했다. 퉁퉁은 란란보다 몸집은 작았지만 태생이 남자였다. 남자아이들은 어느 정도 싸움 본능을 타고났다. 퉁퉁이 발끝을 살짝 움직여 란란을 거꾸러뜨렸다. 란란이 두 팔로 재빨리 퉁퉁의 다리를 끌어안자 퉁퉁도 바닥에 나자빠졌다. 결국 힘이 조금 더 센 란란이 퉁퉁을 제압하고 몸 위에 올라타 작은 주먹을 마구 휘둘렀다. 때리고 때리고 또 때렸다.

"어디 또 한 번 할머니를 괴롭히기만 해 봐."

란란은 퉁퉁이 제 동생이라는 사실을 잊은 듯 소리를 지르며 주먹을 휘둘렀다. 상황이 크게 불리해지자 퉁퉁은 젖 먹던 힘을 다해 몸을 뒤집어 계단 쪽으로 란란을 넘어뜨렸다. 란란이 끝까지 퉁퉁을 잡고 있었기 때문에 두 아이는 한데 뒤엉켜 2층에서 1층으로 떼굴떼굴 굴러떨어졌다. 다음 순간 두 아이는 돌처럼 굳었다. 눈앞에 지팡이를 짚은 외할머니가 서 있었다. 외할머니는 두 아이를 잡아끌며 화를 냈다.

"뭣 때문에 싸웠니? 어서 말해!"

두 아이 모두 말이 없었다. 그때 방에서 나온 할머니가 벽을 붙잡고 서서 말했다.

"아이고, 애들 잘못이 아니에요. 다…… 내 탓이에요."

"아니에요, 아니에요."

흥분해서 얼굴이 새빨개진 란란이 외할머니에게 자초지종을 말했다. 외할머니는 조용히 바닥에 떨어진 책가방을 주워 퉁퉁에게 건넸다. 그리고 퉁퉁의 머리를 쓰다듬으며 말했다.

"애야, 세상천지에 네 할머니처럼 좋은 사람은 어디에도 없을 거다. 됐다, 일단 학교에 가거라. 그리고 퉁퉁은 오늘 밤부터 외할머니 방에서 자도록 해라."

퉁퉁은 어리둥절한 표정을 지었다. 외할머니는 한숨을 내쉬며 퉁퉁을 떠밀었다.

"가거라. 어서 학교 가야지."

퉁퉁은 가방을 들고 건들거리며 밖으로 나갔다. 란란은 아직 그 자리에 서서 외할머니가 들고 있는 지팡이에 시선을 고정시켰다. 외할머니는 란란에게 지팡이를 건넸다.

"할머니 거예요?"

외할머니는 가만히 고개를 끄덕였다. 란란이 지팡이를 들고 통통통 계단을 뛰어올라 갔다. 할머니는 계단 위에서 보고 있다가 갑자기 돌아서서 방으로 들어갔다. 란란이 할머니에게 지팡이를 내밀었다.

"할머니, 이거……."

반짝반짝 윤기가 흐르는 대추색깔 지팡이였다. 할머니는 지팡이를 받아 들고 한 번, 두 번, 계속 어루만졌다.

외할머니는 창가에 서서 멀어지는 퉁퉁의 뒷모습을 물끄러미 지켜봤다. 란란이 책가방을 메고 아래층으로 내려오자 외할머니가 이렇게 말했다.

"란란아, 이리 와서 퉁퉁이 침대를 외할머니 방으로 옮기는 것 좀 도와주고 가렴."

23

란란과 싸웠던 그날은 퉁퉁에게는 태어난 이래 가장 재수 없는 날이었다. 집에서 누나에게 호되게 얻어맞더니 학교에서는 마오마오와 제대로 붙었다.

1학년 아이들은 4교시 체육 시간이 되자 모두 운동장으로 몰려 나갔다. 선생님은 오늘 두 팀으로 나눠 이어달리기를 한다고 말했다. 그리고 마오마오와 또 다른 남자아이에게 앞으로 나와 돌아가면서 팀원을 뽑으라고 했다. 퉁퉁은 이때부터 기분이 좋지 않았다.

'흥, 선생님은 왜 내가 아니고 마오마오를 부른 거야. 마오마오 따위가 뭐라고?'

그러나 좌우를 둘러본 후, 자신만만한 표정을 지었다.

'어차피 내가 달리기를 제일 잘하니까 다들 나를 뽑으려 할 테

지. 마오마오가 날 뽑으면? 흥, 됐거든. 너랑은 같은 편 안 해.'

툴툴은 고개를 높이 쳐들고 발로 흙바닥을 툭툭 찼다. 선생님이 주먹 쥔 양손을 내밀었다. 한쪽에는 돌이 들어 있고, 다른 한쪽은 빈손이었다.

"어느 쪽에 돌이 들었는지 맞히는 사람이 먼저 뽑는 거야."

다른 남자아이가 맞혔다. 그 아이는 툴툴을 거들떠보지도 않고 작은 뚱보를 뽑았다.

'멍청한 놈. 나를 안 뽑고 저런 뚱보를 뽑아! 저 뚱보가 뛸 수는 있어?'

툴툴은 마음속으로 마음껏 비웃었다. 이번에는 마오마오 차례였다. 마오마오는 까치발을 들고 뒤에 있는 아이들을 둘러보다가 툴툴을 지나치고 키가 제일 큰 여자아이를 뽑았다.

'저 팀이 질 게 뻔해. 쌤통이다.'

툴툴은 이렇게 말하고 싶어 입이 근질근질했다. 툴툴은 조금 전에 다른 남자아이가 자기를 보지 못했다고 생각해서 일부러 그 애 앞에서 얼쩡거렸다. 그러나 그 남자아이는 툴툴을 옆으로 밀치고 또 다른 아이를 뽑았다. 툴툴은 정말 화가 났다.

'다음에는 나를 뽑아도 소용없어. 흥!'

마오마오와 다른 남자아이 모두 툴툴을 투명인간 취급하며 눈길도 주지 않았다. 퉁퉁은 소리를 지르며 화를 내고 싶었다. 그런데 누구에게 소리를 지르지? 한바탕 싸우고 싶었지만, 누구랑 싸운담! 마오마오는 다리를 절뚝이는 아이를 뽑으면서도 퉁퉁은 쳐다보지도 않았다. 결국 퉁퉁만 남았다. 아무도 퉁퉁을 원하지 않았다.

"자, 다 끝났니?"

선생님이 다가왔다.

"네, 다 나눴어요."

마오마오와 다른 남자아이가 합창하듯 대답했다.

"퉁퉁은 왜 혼자 서 있어?"

선생님은 반 아이들을 둘러봤다.

"이상하다, 왜 한 명이 남지?"

아이들은 모두 입을 다물었다. 선생님이 양 팀으로 나눠 서 있는 아이들 수를 헤아리기 시작했다.

"마오마오, 너희 팀이 한 명 부족하잖아."

"우리는 됐어요. 필요 없어요."

"왜 퉁퉁을 안 뽑니?"

퉁퉁은 눈물이 나오려는 것을 애써 참으며 생각했다.

'필요 없다니, 내가 쓰레기야, 썩은 동아줄이야, 다 쓴 몽당

연필이야?'

"마오마오, 너희 팀이 한 명 적으니……."

마오마오는 아이들과 눈짓을 주고받더니 선생님 말이 끝나기 전에 주머니에서 새끼거북을 꺼내며 말했다.

"선생님, 우리 팀은 부족하지 않아요."

아이들이 와 하고 웃음을 터트렸다.

"마오마오!"

선생님이 정색을 하며 호통을 쳤다. 하지만 마오마오는 끝까지 굽히지 않았다.

"하지만 이 거북이가 쟤보다 빠르단 말이에요."

이번에는 모두들 배꼽을 잡고 까르르 웃었다. 퉁퉁은 더 이상 참을 수 없었다. 마오마오에게 달려들어 새끼거북을 낚아채 철책을 향해 던졌다. 새끼거북은 탕하고 철책에 부딪힌 후, 퍽하고 보도블럭 위에 떨어졌다. 마오마오도 퉁퉁에게 당하고 있지만은 않았다.

당장 퉁퉁의 머리카락을 잡아 쥐고 한 덩이가 되어 치고받기 시작했다. 손으로 때리고, 발로 차고, 물고……. 지난번 공동 마당에서 싸울 때보다 더 치열했다. 선생님이 가까스로 떼어 놓았지만 두 아이는 다시 뒤엉켰다. 운동장 바닥에 넘어져 떼굴떼굴

구르며 싸우다가 결국 물웅덩이에 빠지고 말았다. 한 시간 전쯤 한바탕 소나기가 내려 웅덩이에 물이 가득했다. 마오마오가 먼저 지친 퉁퉁을 위에서 찍어 누르며 소리쳤다.

"내 거북이 물어내. 내 거북이 물어내."

선생님이 달려와 마오마오를 끌어내 세워 놓고 크게 꾸짖었다. 옷은 물론이고 얼굴까지 온통 진흙투성이가 된 퉁퉁은 진흙 한 주먹을 쥐고 일어나 마오마오 얼굴을 향해 던졌다. 마오마오가 안경을 끼지 않았다면 진흙이 눈에 들어갈 뻔했다. 퉁퉁은 곧바로 교실로 달려가 책가방을 들고 나오더니 운동장을 향해 고래고래 소리를 질렀다.

"난 이런 더러운 학교에 안 다녀. 더러운 공동 마당 새끼들아."

그러고는 퉁퉁은 학교 밖으로 뛰쳐나갔다. 그때 란란도 교실 밖으로 나와서는 큰 목소리로 퉁퉁을 불렀다.

"퉁퉁아."

하지만 퉁퉁은 뒤도 보지 않고 뛰어가 버렸다.

란란은 돌아서서 마오마오에게 다가갔다.

"이번엔 네가 잘못했어."

도통 화내는 법이 없는 란란이었지만 화난 표정을 지었다. 마오마오는 평소와 다른 란란의 태도에 흠칫 놀라서는 눈을 내리 깔고 미안해 하며 변명을 늘어놓았다.

"그게…… 퉁퉁이 내 거북이를 집어 던져서……."

외할머니는 등나무 의자에 앉아 신문을 읽다가 대문 쪽에서 쿵쾅거리는 소리가 들리자 고개를 돌렸다. 퉁퉁이었다. 그런데 그 꼴이 아주 가관이었다. 옆구리에 끼고 있는 끈 떨어진 책가방이며 얼굴과 손에 묻은 진흙이 군데군데 말라붙어 온몸이 얼룩덜룩해 보였다. 마당 돌길 위에 퉁퉁의 진흙 발자국이 선명하게 찍혔다. 온 얼굴이 눈물 콧물로 뒤범벅인데도 여전히 고개를 빳빳이 들고 있었다.

"무슨 일이니? 또 누나랑 싸웠니?"

"아뇨."

퉁퉁이 손가락으로 공동 마당 쪽을 가리켰다.

"저것들이 날 때렸어."

"그 애들이 왜 널 때렸니? 자세히 말해 봐라."

외할머니가 들고 있던 신문을 내려놨다. 퉁퉁은 씩씩거리며 학교에서 있었던 일을 외할머니에게 일러바쳤다. 외할머니는 이번 일을 가볍게 생각하지 않았다.

"퉁퉁아, 아이들이 왜 너를 뽑지 않고, 너랑 한편이 되기를 싫어했을까?"

"다 나쁜 애들이니까."

"틀렸다."

외할머니가 퉁퉁을 똑바로 쳐다봤다.

"네가 그 아이들을 무시했기 때문에 그 아이들도 너를 무시한 거야."

퉁퉁은 코를 벌름거리며 계속 씩씩거렸다. 외할머니가 무서워 차마 말하지 못하고 속으로 중얼거렸다.

'나는 그 애들을 무시해도 돼. 우리 집에는 차가 있지만, 그 애들 집에는 없어. 우리 집은 이층집이고 마당도 있고, 좋은 것들이 아주 많아. 하지만 그 애들 집에는 아무것도 없어.'

외할머니는 예리한 눈빛으로 퉁퉁이 무슨 생각을 하고 있는지 알아차렸다.

"잘 들어라. 이 집에 있는 것들은 모두 이 할머니 거야. 네 것처럼 생각해선 안 돼."

퉁퉁의 눈이 휘둥그레졌다.

"설사 이것이 모두 네 것이라고 해도 그게 뭐가 대단하니? 사람들은 스스로를 대단하다고 생각하는 사람을 아주 싫어한단다. 넌 네 누나에게 한참 배워야 한다. 그렇지 않으면 세상의 모든 사람이 널 싫어하게 될 거야. 이 할머니도 말이다. 그렇게 되면 네 곁에 아무도 없고, 넌 철저하게 혼자가 되는 거야."

외할머니는 슬픈 표정을 지었다.

"혼자……. 그래. 혼자. 쯧쯧, 아주 가엾고 불쌍해지는 거야."

여덟 살 아이에게 '혼자'는 왠지 모를 두려움이었다. 퉁퉁은 울음을 터뜨렸다.

그때 마당으로부터 무슨 소리가 들려왔다. 창문으로 달려간 외할머니는 할머니가 삽을 들고 물통에 더러운 물을 퍼내는 모습을 보았다. 외할머니는 퉁퉁을 내버려 두고 서둘러 마당으로 나가 할머니 손에 들린 삽을 빼앗았다.

"형님, 이런 거 하지 마세요. 지난번에도 말씀 드렸잖아요."

할머니는 더러운 물이 한가득 고여 있는 것을 내려다보며 대꾸했다.

"별로 힘든 일도 아닌데요. 얼른 치우고 누워서 쉬면 돼요."

외할머니는 조용히 할머니 손을 잡고 위층으로 올라갔다. 외할머니가 어딘가로 전화를 건 후 옷을 갈아입고 나와 차를 끓인 후 먼저 아래층으로 내려갔다. 잠시 후 청소복을 입은 일꾼이 왔다. 곳곳에 진흙이 말라붙은 두툼하고 큼직한 작업복에 커다란 고무장화를 신고 여러 가닥을 연결해 만든 기다란 대오리를 메고 있었다. 바로 마오마오의 아빠였다. 그는 외할머니를 보자마자 어쩔 줄 몰라 했다.

"시장님, 죄…… 죄송합니다. 시장님 댁에 하수구가 막힌 것도 모르고……."

"아이고, 여기 살지도 않는데 그걸 어떻게 알겠어요?"

그리고 외할머니는 집 안을 향해 소리쳤다.

"퉁퉁아, 이리 와라."

퉁퉁이 꾸물거리며 다가왔다.

"응, 퉁퉁아, 학교 안 갔니?"

마오마오 아빠는 퉁퉁의 옷이 엉망이 된 것을 보고 깜짝 놀라 다시 물었다.

"마당에서 넘어졌니?"

마오마오 아빠는 매우 미안한 표정을 지었다. 외할머니가 허허 웃으며 대신 대답했다.

"그 댁 마오마오랑 한판 붙었답니다."

마오마오 아빠가 크게 당황했다.

"퉁퉁아, 미안하다. 집에 돌아가서 마오마오를 혼내 주마."

외할머니가 다시 끼어들었다.

"아니, 왜 퉁퉁이 마오마오를 괴롭힌 건 혼내지 않으세요? 앞으로 이 녀석이 그 동네에 놀러 가면, 그냥 평범한 할망구 손자로 대해 주세요. 퉁퉁도 다른 아이들과 마찬가지로 눈 두 개, 코 하나인 평범한 아이라오."

마오마오 아빠는 크고 거친 손을 비비며 고개를 끄덕이고, 곧바로 일을 시작했다. 먼저 하수도 뚜껑을 열고 양철통에 더러운 물을 퍼냈다. 양철통을 들려고 하자 외할머니가 다가와 거들었다.

"같이 옮깁시다."

"아이고, 말도 안 됩니다."

"왜 말이 안 돼요?"

외할머니는 양철통을 들고 대문 밖으로 나가면서 이렇게 소리쳤다.

"퉁퉁아, 넌 중간에 서서 도와라."

양철통은 외할머니 손에서 퉁퉁의 손으로, 퉁퉁의 손에서 다시 마오마오 아빠 손으로 계속 돌고 돌았다. 악취가 풍기는 더러운 물이 세 사람 옷에 잔뜩 튀었다. 잠시 후 란란이 돌아왔다. 란란은 라일락 나뭇가지에 책가방을 걸어 놓고 퉁퉁과 외할머니 사이에 섰다. 할머니는 한 손으로 허리를 짚고 다른 한 손에 빗자루를 들고 더러운 물을 밖으로 쓸어 냈다. 할머니는 어린 퉁퉁이 안쓰러웠지만 외할머니 눈치를 보느라 아무 말도 하지 못했다.

더러운 물을 다 퍼내자, 마오마오 아빠가 하수도 안으로 들어가 긴 대오리로 팍팍 쑤셨다. 외할머니, 란란, 퉁퉁은 그 옆에 나란히 쪼그리고 앉아 그 모습을 지켜봤다. 할머니도 뒤에서 지켜보고 있다가 한숨을 내쉬며 한마디 했다.

"아이고, 정말 힘들겠네."

외할머니가 고개를 끄덕이며 동감했다. 하수구는 대오리로 한참을 쑤셔 댄 후에야 뚫렸다. 마오마오 아빠는 온몸에 오물을 뒤집어쓴 채 하수구에서 나왔다. 악취를 참느라 얼굴이 하얗게 질렸고 커다란 땀방울이 비 오듯 뚝뚝 떨어졌다. 맑은 공기를 크게 들이마신 후, 하수도 뚜껑을 덮자마자 대오리를 집어 들더니 물 한 모금 마시지 않고 저벅저벅 무거운 발소리를 남긴 채 나가 버렸다. 외할머니는 그 뒷모습을 바라보다가 퉁퉁에게 고개를 돌렸다.

"봤니? 마오마오 아빠가 아니면 우리 집은 계속 더러운 물에 잠겨 있었을 거야. 온종일 온 집 안에 악취가 진동하겠지. 매일 학교에 갈 때마다 더러운 물이 고인 웅덩이를 뛰어넘어야 하고."

퉁퉁은 고개를 숙인 채 조용히 제 발끝만 바라봤다.

그때 엄마가 돌아왔다. 온 가족이 오물을 뒤집어쓴 모습을 보고 무슨 일인지 물었다. 외할머니가 자초지종을 이야기했다. 엄마는 이야기를 듣자마자 버럭 화를 냈다.

"그 사람들 도대체 뭐하는 거야. 그저 밥이나 축낼 줄 알지, 제 일 하나 똑바로 못 하고. 당장 책임자한테 전화해야겠어요."

외할머니는 어이가 없었다.

할머니는 마당을 쓸다가 한숨을 쉬며 엄마를 말렸다.

"아이고, 그 사람이 얼마나 고생했는데……."

엄마가 양철통을 걷어차며 소리쳤다.

"그건 그 사람들이 당연히 해야 할 일이에요. 누가 자기들보고 청소부 되라고 했나요!"

"그만해라."

외할머니가 들고 있던 물통을 바닥에 내던졌다.

"당연해? 그 사람들이 당연히 우리를 모셔야 한단 말이냐? 우리는 뭐가 특별한데, 우리가 주인이니, 귀족이니?"

"그럼 우리가 저 사람들을 모셔야 해요? 우리가 저 사람들을 받들어야 하냐고요. 청소부는 그냥 청소부예요. 그 사람들은 길이 더러워지면 쓸어야 하고, 화장실이 막히면 고쳐야 하고, 하수도가 막히면 뚫어야 해요. 그게 그 사람들 일이라고요."

외할머니가 할머니를 돌아보며 말했다.

"형님, 아이들 데리고 먼저 들어가세요."

할머니는 얼른 아이들 손을 잡고 들어갔다. 엄마는 여전히 기세등등하게 소리쳤다.

"어차피 이 세상은 누군가가 다른 누군가를 위해 일하게 돼 있어요. 그 당연한 이치를 왜 인정하지 않으세요?"

"입 닥쳐."

외할머니 얼굴이 푸르뎅뎅해졌다. 엄마가 어깨를 움찔하더니 입을 꾹 다물었다. 외할머니는 한참 동안 빤히 엄마 얼굴을 보다가 길게 한숨을 내쉬었다.

"넌 어떻게 갈수록 그런 돼먹지 않은 말만 하니!"

엄마는 가슴이 콩닥콩닥 뛰었다.

"넌 이미 오만방자하고 제멋대로인 데다 포악하기까지 한 인간이 돼 버렸어. 너랑은 대화도 할 수 없어. 무슨 말만 하면 싸우려 들고 울고불고 난리를 치니까."

외할머니의 표정이 점점 슬퍼졌다.

"지난 10년, 모든 것이 엉망이 돼 버렸지. 그걸 바로잡느라 난 매일 파김치가 될 때까지 일에 매달렸다. 골치 아프고 힘든 일이 있을 때면 가끔 '정말 쉬고 싶다. 너무 지쳤어.' 이런 생각이

들기도 했다. 그럴 때마다 평온하고 따뜻한 집에 빨리 돌아오고 싶었어. 너와 아이들이 너무 보고 싶었어. 란란 할머니의 따뜻한 손길도 그리웠지. 그런데 너는……."

엄마는 옆으로 돌아서서 거만하게 팔짱을 꼈다.

"좋다. 이제 너와 의미 없는 말싸움은 하지 않겠다. 어린애도 아니니 이제 와서 남의 말을 들을 것도 아니고. 너는 그냥 그대로 네 갈 길을 가거라. 하지만, 잘 들어라. 앞으로 내가 퉁퉁을 훈육할 때 절대 끼어들지 마라. 만약 그렇게 못하겠거든 지금 당장 이 집에서 나가라."

엄마는 두 손으로 얼굴을 감쌌다.

24

외할머니의 단호한 태도는 엄마에게는 적삶은 충격이었다. 감히 거역할 수 없었다. 외할머니가 퉁퉁을 아무리 심하게 꾸짖어도 끼어들지 못했다.

외할머니는 퉁퉁을 애써 학교에 보내려 하지 않았다. 거만한 행동으로 친구들에게 버림받은 자신을 돌아보면서 버림받은 아품을 철저히 깨닫고 거만함을 비워 내길 기다렸다.

퉁퉁은 크고 높은 나무에 달려 있다가 갑자기 불어온 큰 바람에 떨어져 길가에 나뒹구는 이파리 같았다. 수많은 사람이 오가는 큰길이지만 바닥에 나뒹구는 나뭇잎에 관심을 갖는 사람은 아무도 없다. 퉁퉁은 그렇게 모두에게 잊혀 갔다. 사흘째 되던 날, 퉁퉁은 외로움과 무료함을 견디다 못해 이렇게 소리 질렀다.

"나 학교 갈래. 나 학교 갈래."

"이 세상은 말이다. 아무리 위대하고 대단한 사람이라도 사람들에게 관심을 받지 못하면 그걸로 끝이지. 너처럼 작고 별 볼일 없는 어린애는 말할 것도 없지."

퉁퉁은 외할머니가 호되게 꾸지람하자 금방 울음을 터뜨렸다. 그럴수록 더욱 결심을 다졌다.

'나는 언제나 이 아이의 뒤를 든든히 지킬 것이다. 두 눈을 부릅뜨고 저 아이가 자신의 길을 어떻게 걸어가는지 똑바로 지켜보겠다.'

외할머니는 이 아이를 어떻게 이끌어야 할지 잘 알았다. 그리고 자신도 있었다. 하지만 퉁퉁의 엄마는 외할머니도 어찌할 수가 없었다. 외할머니는 이 생각만 하면 말할 수 없이 슬프고 가슴이 아팠다. 하지만 이 아이만큼은 절대 포기하지 않겠다고 다짐했다.

'퉁퉁은 아직 어리니까 지금이라도 끈기 있게 차근차근 가르치면 된다. 끝까지 엄격하게 가르칠 것이다.'

더구나 아이 아빠가 일찍 세상을 떠났기 때문에 외할머니는 퉁퉁에게 더 큰 책임감을 느꼈다. 외할머니는 퉁퉁을 아주 많이 아끼고 사랑했다. 외할머니는 퉁퉁이 하나하나 깨닫고 바뀌어 갈 때마다, 퉁퉁의 엄마를 떠올리며 마음 깊이 후회했다.

'퉁퉁 엄마가 어렸을 때, 내가 외국에 나가지 않았더라면, 친구 집에 맡기지 않고 항상 내 곁에 두었더라면, 지금처럼 변하지 않았을 텐데. 그 애가 지난 10년 그런 아픔과 고통을 겪지만 않았더라면, 내가 좀 더 모질게 마음을 먹었을 텐데. 그랬다면 지금처럼 심각한 상황은 아니었겠지. 이제 돌이킬 수가 없다. 이미 너무 늦었어. 그만두자.'

며칠 뒤, 란란과 퉁퉁은 처음 학교에 가던 그날처럼, 학교에 갈 때도 집에 돌아올 때도 꼭 손을 잡고 다녔다. 퉁퉁은 이제 공동 마당 아이들 앞에서 거들먹거리거나 잘난 체하지 않았다. 마오마오는 퉁퉁을 볼 때마다 미안한 생각이 들었다.

'그때 내가 너무 심하게 때렸어. 한두 번 시늉만 하고 말았어야 했어.'

며칠 후 두 아이는 조용히 책상 밑에서 새끼손가락을 걸고 좋은 친구가 되기로 했다. 마오마오는 퉁퉁에게 특별히 새끼거북을 내 주었다. 물론 3일 후에는 돌려줘야 했다. 하루는 체육 시간에 축구 주장을 정하는데, 아이들이 모두 퉁퉁을 뽑았다. 그날 저녁, 란란이 외할머니에게 이 일을 알렸다. 외할머니는 매우 기뻐했다.

"퉁퉁아, 아이들이 왜 너를 주장으로 뽑았을까?"

퉁퉁은 바로 대답하지 않았다.

"우리 집에 좋은 물건이 많아서일까?"

퉁퉁이 고개를 저었다.

"그럼, 외할머니가 시장이라서?"

"아니요."

"그럼 왜일까?"

퉁퉁은 마음으로는 알 것 같았지만, 말로는 설명하기 힘들었다. 외할머니가 대신 설명해주었다.

"아주 간단하지. 네가 아이들을 인정하니까, 아이들도 너를 인정해 준 거야. 알겠니?"

이제 퉁퉁은 할머니에게도 못되게 굴지 않았다. 스스로 제 손을 씻고 직접 우유를 데워 마시고 자기 일을 스스로 했다. 집에 돌아오면 대문에서부터 할머니를 불렀다.

"할머니!"

그러면 할머니는 빙그레 웃으며 한손으로 허리를 짚고 방에서 나왔다.

"우리 착한 퉁퉁이 왔구나."

하루는 할머니가 빨래를 마치고 허리가 너무 아파서 바로 빨래를 널지 못하고 방에 들어와 잠시 쉬고 있었다. 그날 퉁퉁은 몸이 좋지 않아 학교에 가지 않았다. 얼마 전부터 외할머니에게 자랑할 겸 할머니 일을 돕고 싶었던 퉁퉁은 몰래 세탁실에 들어갔다가 대야에 담긴 빨래를 발견했다. 빨래가 가득 담긴 대야를 낑낑거리며 머리에 이고 비틀거리며 계단을 내려갔다. 스물여덟 개 계단을 무사히 내려왔다. 퉁퉁은 가뿐 숨을 몰아 쉬며 대야를 바닥에 내려놓고 잠시 숨을 가라앉혔다.

마당에 매어 놓은 빨랫줄은 너무 높아서 퉁퉁이 깡충 뛰어도 닿지 않았다. 집 안에 들어가서 의자를 가져오면 해결될 일이었다. 하지만 퉁퉁은 화단 가장자리에 놓인 벽돌들을 하나씩 옮겨와 탑을 쌓았다. 총 열한 개를 쌓으니 제법 높았다. 퉁퉁은 할머니 옷을 하나 집어 들고 벽돌 위에 올라갔다. 고개를 젖히고 빨랫줄을 보니 손이 닿을락 말락 했다. 그래서 까치발을 들었다. 그 순간 벽돌 탑이 흔들흔들 하더니 우르르 무너졌다. 퉁퉁은 넘어지면서 대야 가장자리에 입술을 박았다. 작고 새하얀 이 하나가 부러지고 입술이 찢어져 새빨간 피가 줄줄 흘렀다. 꽤 큰 상처가 났다.

바로 그 순간, 일부러 시간이라도 맞춘 듯이 엄마가 대문을 열고 들어왔다. 엄마는 깜짝 놀라 재빨리 퉁퉁에게 달려갔다. 퉁퉁의 입 주변은 이미 피투성이였다.

"퉁퉁, 괘, 괜찮니? 아이고, 이게 무슨 일이야!"

엄마는 너무 놀라서 다리에 힘이 풀릴 지경이었다. 퉁퉁은 울지 않으려 온 힘을 다해 아픔을 참느라 식은땀이 났다. 고개를 돌리다 잔디밭에 제 이빨이 떨어져 있는 것을 보고 슬쩍 뒤꿈치를 꿈지럭거려 흙으로 덮었다. 그러고는 입을 다물고 입 안에 고인 피를 삼켰다. 비릿하고 아주 이상한 맛이었다. 잠시 후 입술이 점점 부어오르기 시작하더니 평소보다 세 배쯤 두꺼워졌다. 무서운 괴물 같았다.

그때 할머니도 요란한 소리를 듣고는 마당으로 나왔다. 엄마는 할머니를 보자마자 마구 화풀이를 해 댔다..

"일을 못 하시겠으면 그냥 가만히 계세요. 어린애한테 왜 이런 걸 시켜요, 가뜩이나 아파서 학교에도 못 간 애한테. 보세요, 이것 좀 보시라고요. 이게 무슨 꼴이에요."

엄마가 손가락으로 퉁퉁의 머리를 콕콕 찌르며 할머니를 향해 원망을 드러냈다.

"넘어져 죽어 버리지 그랬어. 왜 안 죽었어. 그냥 죽어 버렸으면 이제 이 세상 나 혼자 신경쓸 일도 없을 텐데."

퉁퉁은 비틀비틀 뒷걸음질 치다가 돌부리에 걸려 할머니 품으로 자빠졌다. 그리고 엄마를 향해 소리를 질렀다.

"할머니가 시킨 거 아니야."

엄마는 제대로 말을 듣지도 않고 퉁퉁의 팔을 잡아끌고 안으로 들어갔다. 그러면서 계속 할머니를 향한 가시 돋친 말을 쏟아냈다. 엄마는 현관을 들어서면서 혼잣말인지 할머니에게 들으라고 하는 말인지 마지막으로 또 한마디를 던졌다. 작게 중얼거렸지만 할머니 귀에는 똑똑히 들렸다.

"뭐 이모한테 다시 사람 좀 구해 달라고 해야겠다."

할머니는 갑자기 눈앞이 아득해지면서 어지러웠다. 집과 마당이 빙글빙글 돌았다. 할머니는 벽을 붙잡고 천천히 계단에 앉았다. 잠시 후, 마음이 가라앉자 이를 악물고 일어섰다. 마당 한가운데로 걸어가 빨래를 잘 펴서 널고 널브러진 벽돌들을 다시 제자리에 갖다 놓았다. 그리고 한 손으로 대야를 들고 한 손으로 지팡이를 짚고 힘겹게 위층으로 올라갔다. 엄마는 퉁퉁의 얼굴을 깨끗이 씻긴 후 서둘러 병원에 데리고 갔다.

할머니는 한동안 침대 모서리에 앉아 있다가 천천히 짐을 정리했다. 이것저것 정리하다가 갑자기 학교에 가 있는 란란이 생각났다.

'란란을 데려갈 테다. 란란은 내 손으로 키운 내 손녀야. 난 란란을 데려갈 자격이 있어.'

할머니는 다급한 마음에 허리가 아픈 것도 잊고 허둥지둥 란란이 다니는 학교로 향했다.

'내가 키웠어. 뭐든 다 팔아 가며 키웠다고.'

할머니는 허리를 다치기 전에도 이렇게 빨리 걸은 적이 없었다. 걷다가, 걷다가, 결국 걸음을 멈췄다. 갑자기 눈앞이 어지러워 회색 담장에 기댔다. 그렇게 잠시 서 있다가는 무슨 생각이었는지 이내 발길을 돌렸다.

'시골에서 사는 게 얼마나 힘든데, 굳이 데려가서 고생시킬 수 있나? 또 란란 외할머니를 생각해서라도 그럴 수는 없지.'

할머니는 집으로 돌아와 남은 짐을 쌌다. 엄마가 사 준 옷을 벗고 펑린두를 떠날 때 입었던 낡은 쪽빛 옷으로 갈아입었다. 그

리고 요를 들춰 돈뭉치를 꺼냈다. 엄마가 용돈으로 준 30위안*
이었다. 할머니는 그 돈을 한 푼도 쓰지 않고 그대로 모아 뒀다.
30위안이 맞는지 한번 세어 보고 다시 종이에 싸서 책상에 올려
놓았다. 할머니는 벌써부터 벙린두로 떠날 생각을 하고 있었다.
그래서 열흘 넘도록 밤늦게까지 외할머니에게 줄 신발 세 켤레
를 만들었다. 이 신발을 한데 모아 침대 위에 두었다.

'동생, 말도 없이 떠나서 미안해요. 다 내 탓이에요.'

할머니는 묶어 놓은 신발을 몇 번 쓰다듬고 지팡이를 들어 소
매로 쓱쓱 닦았다.

'이건 동생 마음이라 생각하고 가져갈게요.'

할머니는 짐을 다 정리하고 잠시 침대에 앉았다. 란란이 너
무 보고 싶었다. 하지만 란란을 보면 마음이 약해져 떠나지 못
할 것 같았다.

'란란, 할미를 너무 미워하지 말아다오.'

벽에 걸린 란란 사진을 바라보고 있자니 함께한 지난 세월이
생각나 눈물이 주르르 흘렀다.

'우리 아가, 할머니는 먼저 간다. 나중에 커서 어른이 되거든

---

* 당시 노동자 한달 월급에 맞먹는 액수

퉁퉁이랑 같이 펑린두로 할머니를 찾아오렴. 거기는 네 집이기도 하니까…….'

할머니는 떠나기 전에 마지막으로 란란에게 해 줄 것이 없나 생각하며 두리번거렸다. 마당에 나가 다 마른 란란 옷을 걷어와 차곡차곡 개어서 침대 밑에 넣어 두었다. 셔츠에 단추 하나가 떨어져, 꼼꼼한 바느질로 달아 놓았다.

잠시 후 엄마와 퉁퉁이 돌아왔다. 엄마는 바깥에 급한 일이 있었다. 퉁퉁에게 몇 가지 주의사항을 일러 주고는 서둘러 나갔다. 퉁퉁은 위층으로 올라가며 할머니를 불렀다.

"할머니."

몇 번을 불러도 할머니는 대답이 없었다. 퉁퉁이 할머니 방문을 열자마자 뭔가 허전한 느낌이 들었다. 큰 소리로 할머니를 부르며 온 집 안을 휘저었다.

"할머니, 할머니."

아무리 불러도 할머니의 대답은 없었다. 퉁퉁은 재빨리 학교로 뛰어갔다. 란란을 찾아가 횡설수설하며 상황을 알렸다.

"누나, 할머니…… 할머니가 없어, 없어졌어…….'"

란란은 너무 놀라 잠시 멍한 표정으로 자리에서 일어서지도 못했다. 퉁퉁이 다시 다급하게 소리쳤다.

"누나, 내 말 들었어?"

란란은 그제야 교실을 뛰쳐나가 집을 향해 온 힘을 다해 달려 갔다. 대문을 박차고 들어가 2층으로 올라가 할머니 방의 문을 세게 밀쳤다. 텅 빈 방. 할머니 물건이 모두 사라지고 벽에 걸려 있던 제 사진이 없어진 걸 확인하는 순간, 란란은 확실히 알 수 있었다. 할머니가 떠났다.

"할머니! 할머니!"

란란은 머리카락을 쥐어뜯고 발을 동동 구르며 큰 소리로 울 부짖었다. 그러다 벌떡 일어나 퉁퉁의 손을 잡고 집 밖으로 뛰쳐 나갔다. 버스를 타고 기차역으로 갔다. 두 아이는 수많은 인파 속을 헤집고 다니며 쉴 새 없이 할머니를 불렀다.

"할머니! 할머니!"

하지만 사람이 너무 많아 도저히 할머니를 찾을 수 없었다. 지 친 두 아이는 기차역 입구 앞 계단에 주저앉아 엉엉 울었다. 바 람이 점점 싸늘하고 세차졌다. 가을바람에 휘날린 누렇게 시든 오동나무 잎이 발밑에 굴러다녔다. 기차역 광장에는 여전히 오 가는 사람이 많아 묵직한 발소리가 가득했다. 그때 요란한 기차 기적 소리가 울리자 헐벗은 나뭇가지가 파르르 떨렸다.

"누나, 집에 가서 할머니한테 말하자."

집에 돌아온 란란은 할머니가 그랬던 것처럼 조용히 자기 물건을 정리하기 시작했다. 엄마와 외할머니는 아직 돌아오지 않았다. 퉁퉁은 란란 뒤를 졸졸 쫓아다니며 계속 조잘거렸다.

"누나, 왜 짐을 싸는 거야?"

퉁퉁은 불안한 마음에 몇 번이나 창가로 뛰어가 엄마나 외할머니가 돌아오는지 살폈다. 란란은 한마디 대꾸도 없이 계속 묵묵히 짐을 챙겼다. 퉁퉁은 누나가 곧 떠나려 한다는 것을 눈치챘다. 제 힘으로는 막을 수 없다고 생각해 서둘러 공동 마당 친구들에게 뛰어갔다.

"얘들아, 우리 누나가 떠나려고 해. 우리 누나가……."

공동 마당 아이들은 퉁퉁을 따라 우르르 집 앞으로 몰려왔다. 란란은 창문을 열고 멍하니 아이들을 바라봤다. 아이들은 눈을 동그랗게 뜨고 란란을 바라볼 뿐 아무 말도 하지 못했다. 아이들 표정이 모두 슬퍼 보였다. 그때 엄마가 돌아왔다. 아이들은 재빨리 흩어졌다. 하지만 집으로 돌아가지 않고 높은 담장을 둘러싼 채 조용히 무슨 일이 일어나는지 살폈다. 잠시 후 외할머니도 돌아왔다. 퉁퉁은 얼른 외할머니에게 달려갔다.

"할머니가 갔어요. 그리고 누나도 가려고 해요."

엄마가 방문을 열고 들어갔을 때, 이미 짐을 다 꾸린 란란은

1년 전 펑린두에서 막 도착했을 때와 똑같은 모습으로 앉아 있었다, 키가 조금 더 크긴 했지만. 란란은 엄마에게 화를 내거나 울부짖지 않았다. 매일 아침 학교 갈 준비를 마쳤을 때처럼 말 없이 앉아 있었다. 한마디 하지 않고 작은 보따리를 손에 쥔 채 침대 모서리에 살짝 걸터앉았다. 엄마는 외할머니에게 달려가 도움을 청했다.

"란란이…… 떠나려고 해요."

외할머니는 방에 들어가 책상 위에 놓인 옷, 돈뭉치, 새 신발을 보았다. 또 란란 사진이 사라진 빈 벽을 보다가 란란에게 눈길을 돌렸다.

"란란, 떠나려는 거니? 그렇지?"

란란은 손가락을 깨물며 울먹였다. 외할머니는 한참 동안 란란을 지켜봤다. 얼마 전부터 비쩍 마르기 시작하더니 오늘은 광대뼈가 유난히 도드라져 보였다. 란란의 눈빛에서 어른에게나 있을 법한 깊은 슬픔이 느껴졌다.

"일단 짐을 내려놓으렴. 내일, 할미가 데려다주마."

외할머니는 란란 머리를 쓰다듬은 후 거실로 나갔다. 엄마가 고개를 푹 숙인 채 소파에 앉아 있었다. 외할머니는 화를 내는 대신 아주 차갑게 비웃었다.

"드디어 네 소원대로 됐구나. 모두 떠났어."

엄마는 굳어 버린 돌처럼 꼼짝도 하지 않았다.

"모든 사람에게 고귀하고 훌륭한 인품을 기대할 수는 없겠지. 그래도 인간이라면 최소한의 양심은 지켜야지."

엄마의 어깨가 들썩였다. 외할머니는 소파에 앉아 마음을 진정시키려고 애썼다. 하지만 점점 감정이 북받쳤다.

"얼마 전, 란란이 아팠을 때 펑린두에서 찾아온 사람이 있었다. 란란은 오리 아저씨라고 부르더구나. 그때 나도 집에 있었어. 식사를 대접하고 이야기를 나누다가 그이에게 펑린두에서의 일들을 물었다. 그이는 란란 할머니가 란란을 어떻게 키웠는지 이야기하다가 눈물을 흘리더구나. 펑린두 사람들도 정말 살기 힘들었다는구나. 먹을 게 없어서 밥을 구걸하는 사람이 한둘이 아니었다고. 란란 할머니는 그때 이미 일을 할 수 있는 나이가 아니었는데 식구가 하나 늘었으니 형편이 더 어려웠겠지. 보리를 수확할 때가 되면 란란을 업고 커다란 바구니를 들고 몇 킬로미터를 걸어가 남의 보리밭에서 쪼그리고 앉아 온종일 이삭을 주웠다지. 힘들면 잠시 밭두렁에 앉아 쉬고 목이 마르면 강물을 마시면서. 보리 이삭을 주워 오면 곱게 빻아 반죽을 해서 란란에게 전병을 만들어 줬단다. 정작 본인은 전병을 입도 안 대고 푸성귀만 먹으며 버텼다는구나. 란란이 학교 갈 나이가 되자 공부시킬 돈을 벌려고 밤새도록 신발 밑창을 박았단다. 한겨울에는 당신 솜옷에서 솜을 꺼내 란란 겨울옷을 만들어 주고 할머니는 얇아진 옷을 입고 땔감을 주우러 다니셨단다. 그나마 란란 큰아버지가 간간이 도와준 덕에 겨우 버틸 수 있었다더구나. 다오후네 집 형편도 뻔하였을 터인데! 여하튼 그리 고생고생하며 란란을 키우신 거야.”

외할머니는 말을 하는 중에 눈물이 차올라 눈앞이 흐려졌다.

“그런데 그분이 언제 너에게 보상을 요구하더냐!”

엄마의 어깨가 더 심하게 들썩였다.

“없다, 단 한 번도. 무엇도 원하지 않으셨어. 떠나면서 네가 사 드린 옷이며 용돈을 모두 두고 가셨더구나. 그분은 아주 작은 것조차 바라지 않으셨어. 10년 동안 란란을 키우면서 정말 고생이 많았지만 한순간도 뭘 바라신 적이 없었던 거야.”

엄마는 계속 흐느꼈다.

“우리가 그분에게 더 많이 돌려드렸어야 했다. 존경, 고마움, 따뜻함…… 이런 것들 말야. 그런데 넌……, 결국 그분은 고통과 슬픔만 안은 채 지친 몸으로 떠나셨다. 네 마음속에 양심이란게 있기나 한지 돌이켜 봐라.”

엄마의 울음소리가 점점 커졌고, 그때 퉁퉁이 울면서 달려왔다.

"누나가 가려고 해요."

외할머니가 서둘러 일어나 할머니가 쓰던 방으로 갔다. 외할머니는 란란이 들고 있던 보따리를 슬그머니 뺏어 침대 위에 내려놓았다.

"내가 중요한 회의가 있어 이틀 동안은 어쩔 수 없고 회의가 끝나고 다시 생각해 보자. 그때도 네가 할머니에게 가고 싶다면 내가 직접 데려다주마."

외할머니는 한숨을 내쉬었다.

"네 할머니에게 미안한 일이 한두 가지가 아니구나. 너를 맡겨 놓고 그동안 한 번도 펑린두에 가 본 적이 없으니 이번에는 무슨 일이 있어도 다녀와야겠다. 정말 네 할머니와 큰아버지, 다오후에게 면목이 없구나."

외할머니는 란란의 어깨를 어루만지며 타일렀다.

"란란, 그렇게 하자. 괜찮지?"

란란은 조용히 고개를 끄덕였다.

그러나 란란은 이틀을 채 기다리지 못하고 혼자 '추탕 제8호 집'을 떠났다. 떠나면서 짧은 편지 한 장을 남겼다.

외할머니, 엄마, 퉁퉁에게

저는 펑린두로 돌아가요. 할머니와 다오후 오빠에게 돌아
가요. 어쩌면 여기에 다시 돌아올 수도 있겠죠. 벌써 가을
이에요. 펑린두는 가을에 가장 아름다워요. 펑 강가 단풍나
무들이 붉은 옷으로 갈아입어요. 해마다 이때가 되면 하늘
까지 붉게 물드는 것 같아요. 끝없이 이어진 강, 그 위에 수
많은 다리와 배가 떠 있죠. 그곳엔 종달새도 있어요. 종달새
는 세상에서 가장 아름다운 새예요. 그리고 가장 높이 나는
새이기도 해요. 그곳에서 기다리고 있을게요.

란란

【해설】

'물의 동화' 원형을 지키는 파수꾼 같은 작품

쉬예

(중국해양대학 문학부 교수, 문학평론가, 차오원쉬엔의 제자)

『란란의 아름다운 날』은 30년 전 집필된 청년 차오원쉬엔의 장편 처녀작으로, 1980년대를 배경으로 한 유일한 작품이다. 차오의 작품 활동 초기의 담백하고 순수한 분위기와 풋풋한 필체를 느낄 수 있다.

세월이 흐르면서 차오의 작품에 드러난 순수한 미학 정신, 문장, 인물, 서사, 풍경과 동물 묘사는 변화해 갔지만, 그의 작품의 특징인 '물의 동화'라는 원형은 한번도 흔들림이 없었다. 『란란의 아름다운 날』은 '물의 동화' 원형의 시작점에 있으면서 이후 작품들에 그 원형을 지켜내는 집요한 파수꾼과도 같은 작품이다. 차오는 '물에 투영된 아이의 모습'을 표현하는 독특한 분위기의 문학을 일궈 냈다. 그의 작품에서 물은 생명의 근원이자 세상 모든 아이들이 꿈꾸는 최고의 로망이며 영혼의 안식처다. 물을 통하여 시간의 흐름을 상징화하면서 과거, 현재, 미래를 넘나드는 독특한 구조로 독자들을 무아지경에 빠지게 한다.

『란란의 아름다운 날』은 구성과 줄거리가 간단한 편이다. 주인공 란란은 문화대혁명의 격변기에 부모와 헤어져 시골 펑린두에서 할머니 손에 자란다. 모든 것이 제자리로 돌아오고 란란도 엄마가 사는 도시로 돌아온다. 이야기는 현재의 도시의 삶과 과거의 펑린두의 추억 두 부분으로 구성된다. 도시의 삶은 낯설고 힘들다. 엄마, 동생 퉁퉁, 뭐 이모, 이모의 아들 징징의 캐릭터에서 도시적 전형성 내지 비인간적 인성의 전형이 극명하게 드러나는 반면 친할머니, 사촌 다오후, 공동마당 친구들, 고양이 꽁지를 통하여 따뜻한 인성의 전형이 거울처럼 대비된다. 그리고 외할머니는 끊임없이 화해를 시도하고 오류를 바로 잡으려 노력하는 원칙주의자로서 합리적이고 따뜻한 중간자의 입장에 서 있다.

무엇보다 『란란의 아름다운 날』의 주인공 란란의 이미지는 그 시대 아동의 원형이다. 밝고 순수하지만 쉽게 상처받고 외롭고 평범한 아이의 모습이다. 그러나 현대화와 도시화 속에서 아이들의 순수성은 점차 사라져간다. 그래서 란란의 펑린두는 현대인의 마음 속 깊은 곳에 숨겨진 추억의 장소이기도 하다.

『란란의 아름다운 날』은 글의 모든 배경과 인물들, 동물들까지도 고도의 상징성을 갖고 있다. 변혁의 시대에 등장한 타문학 작품과 마찬가지로 가족의 해체와 결합이라는 중국 근대사가 낳은 상처와 치유의 과정을 상징하고 있기도 하다. 그러나 『란란의 아름다운 날』의 핵심은 란란이 펑린두를 그리워하고 그곳으로 돌아가는 과정을 통해 '이 시대 아이들이 꿈꾸는 마음의 고향에는 반드시 물이 존재한다'는 사실을 강조한다.

마지막으로 『란란의 아름다운 날』의 기본 주제는 인성, 특히 아이들의 마음이다. 모든 것이 빠르게 변해가는 격변의 시대에 절대 변하지 말아야 할 것이 바로 인성, 특히 아이들의 마음이다. 이것은 차오원쉬엔 소설의 변치 않는 신념이다.